歩道橋シネマ

恩田陸

歩道橋シネマ

恩田陸

新潮社

歩道橋シネマ

目次

写真　大山顕「立体交差　ジャンクション」（本の雑誌社）より
カバー　大谷ジャンクション
表紙　仁保ジャンクション／茅ヶ崎海岸出入口
装幀　新潮社装幀室

歩道橋シネマ

線路脇の家

その絵には「線路脇の家」というタイトルが付いていた。

ほぼ正方形に近い油絵である。

絵の画面の手前には線路のものと思《おぼ》しき枕木が並んでいる。

その手前の線路を見上げるようにして、線路の向こう側にある家を見ているという構図である。

そのため、線路の下の枕木と砂利を真横から見ている形になり、上に載っているレールは片方しか見えない。

家の全景も見えない。二階の窓が切れている状態である。

何様式というのだろう。些《いささ》かクラシックな造りの建築だ。木造だろうが、壁は白く塗りつぶされていて羽目板が見えない。

十九世紀終わり、あるいは二十世紀初頭に流行ったスタイルと思われる。左側は二階建てだが屋根裏部屋があるようだ。右側は三階建て。左側よりも一階分高く、塔のような屋根裏部屋があることが窺《うかが》える。

実際、この絵は一九二五年に描かれたことが分かっている。

家の向こうには何もない。がらんとした空が見えるだけ。画面上部にはわずかな青空。あとは灰色の雲。

絵を見た限りでは、描かれた季節も、一日のうちの何時頃なのかもよく分からない。

家には左から光が当たっていて、左側の側面は窓や壁もくっきり見えているが、影になった正面部分はよく見えないのである。

モノトーンの家であるが、赤い煙突がアクセントのように屋根の上に載っている。

一見、のどかな絵だと言えないこともない。

明るい陽射し。開けた空間。手前の鉄路。

しかし、極力単純化された描写の中には、いいようのない不穏さと虚無感が漂っている。どことなく突き放したような、乾いた空気に満ちているのだ。

この絵は、二十世紀前半に活躍したアメリカ人画家、エドワード・ホッパーの作品である。

名前を聞いてピンと来ない人も、彼の著名な作品をどこかで目にしたことがあるはずだ。

深夜のダイナーやガソリンスタンド、道路やモーテルなど、いかにもアメリカらしい風景を独特のシンプルなタッチで描き、今も高い人気を保っている。

この作品は、彼の出世作であり、特に同時代の映像作家らに強い影響を与えた作品として知られている。

もし、映画好きの人ならば、この絵に既視感を覚える人も少なくないだろう。

この作品、アルフレッド・ヒッチコック監督の映画、『サイコ』に出てくる家のモデルになったことでも有名なのである。

『サイコ』はエンターテインメントのジャンルで、いわゆる「サイコサスペンス」と呼ばれるもの草分けである。トリッキーな構成や、辺鄙《へんぴ》な田舎町のモーテルに泊まった若い女性がシャワーを浴びているあいだに侵入してきた何者かに刺し殺されるというショッキングな場面、斬新な音楽などで、あっというまにこのジャンルでの古典的名作になった。

その映画に登場するノーマン・ベイツという男が、モーテル経営の傍ら母親と二人で住んでいるという家のモデルが、この「線路脇の家」なのである。

『サイコ』のみならず、この家を模した家を登場させた映画が複数あるというが、何がそんなにも彼らを惹き付けたのだろう。

確かに、エドワード・ホッパーの絵には、妙に書き割りめいた「作り物」感がある。人間が存在していない世界のような、裏に回ったらはりぼてで出来ているのではないかという雰囲気がある。だが、その一方で、妙な生々しさ――壁紙をべろりとめくったら、何かとんでもないおぞましいものが隠れているような予感が漂っている。

この「線路脇の家」も、窓は固く閉ざされ、家の中は暗く、人の気配が全くない。明るく開放的な風景ではあるが、正面の影になった部分――そこに玄関があるはずなのだ――は真っ暗で何も見えない。いや、はっきり言えば、この家には出入り口がない。

限りなく閉じた家。入れない家。出られない家。なのである。

『サイコ』のノーマン・ベイツは、身体が不自由な母親の面倒を見るため、家を出られないと説明する。

実際、彼はこの家を出ていくことはない。車で町を通過していく旅行客の相手をしつつも、彼には旅行の経験もない。モーテルを経営しながら、この家に閉じ込められている。

私は、この家がなんとなく鳥籠を連想させるような気がする。『サイコ』の中にも、動物や鳥の剝製が多数飾られている部屋が出てくるが、それもどことなく檻《おり》の中を連想させるのだ。

「線路脇の家」。それは、目の前を鉄路が走っているのに、どこにも行くことなく、そこにじっととどまり、檻のような家の中に閉じこもっている誰か。社会と接点がなく、ここではないどこかへ行くことのない、無数の疎外された人々を象徴しているように思えるのである。

さて、私がこの絵の存在を知ったのは比較的最近のことだった。

むろん『サイコ』は観ていたから、当然既視感を覚えた。妙に記憶に残る、気になる家だと思い、何度も繰り返し眺《なが》めていたのだが、だんだん、この既視感が決して『サイコ』だけのものではないことに気がついたのだ。

私はどこかでこの家を見たことがある。

いったいどこでだろう？

確かに見た、日本国内で見た、という確信があったものの、それでいて半信半疑だった。日本に洋風の家はごまんとあるが、「線路脇の家」はかなり特徴のある造りだし、ここまで向こうの様式に忠実な家を建てるケースはあまりない。

もしかして映像で見たのだろうか、それとも写真か何かで、と考えているうちにやがて忘れた。

ところが、ひょんなことから、それがどこなのかを思い出したのだ。

それは、久しぶりに会う友人と、東京の東のほうにある、下町の商店街で吞《の》もうと待ち合わせをしていた時のことだった。

普段はめったに乗ることのない鉄道路線で、いったいいつ以来だろう、とホームできょろきょろしている時に、突然、「線路脇の家」の姿が蘇《よみがえ》り、思わず「あっ」と叫んでしまったのだ。

そうだ、私は昔、この路線に乗っていてあの家を見たのだ。

以前勤めていた会社で、この沿線に住むお客さんのところにしばしば通っていた。その時にいつも電車の中から見かける家だったのである。

そうだ――あの家は、確かに「線路脇の家」に似ていた。

なにしろ、ここは狭い日本であるから、同じ「線路脇」でも周りにどっさり家が建っていたのだけれど、あの家はちょっとした高台の端《はし》っこに建っていて、洋館だったこともあり、車窓の外を見ていると必ず目についたのだ。

ホッパーの絵と同じく、その家には一階分高い、塔にあたる部分があり、その二階部分が、高架線の電車の中から見ると、ちょうど真正面に見えるのである。

ホッパーの絵と異なるのは、きちんと住人がいたことだった。

こんな経験をしたことはないだろうか――電車の中から見ていて、やけに家の中が丸見えのところがあって、見ているこちらが気まずい思いをしてしまうことが。しかも、恐らく見られているほうは全くそのことに気付いていなくて、誰にも見られていないという無防備な姿を晒《さら》していて、たまたま目撃してしまったこちらがいたたまれなくなる、というようなことが。

まさしく、その家もそうだった。

恐らく、家の中から見ると、こちらの電車は結構遠く離れていて、しかも常にかなりのスピードで移動しているから、まさか家の中が丸見えだとは思っていなかったのだろう。

いつも電車の中からその家を見ながら、向こうはこちらから見えていることを知らないんだろうな、と決まって考えたことを覚えている。

かといって、その家の住人が、よほど無防備で恥ずかしい姿を晒していたというわけでは決してない。

むしろ、その逆だった。

いつも同じだったのである。

そこには、三人の人間がいた。

一人は、いつも縫い物らしきものをしているおばあさん。いや、おばあさんというにはまだ若かったかもしれない。白髪が多く、背中を丸めていたのでそう感じたのかもしれないが、彼女は窓辺でいつもせっせと手を動かし、縫い物だかなんだか、針仕事のようなものをしていた。

そして、奥にはいつも新聞を読んでいる男がいた。こちらは五十代くらいか。がっちりとした男で、日焼けしていた。

違和感を覚えたのは、明らかに肉体労働者という風情だったので、なんとなく典雅な洋館の住人に似つかわしくないように思ったからだろう。かなり年季が入った家だったから、祖父母の代の家だったのかもしれない。

もう一人、女がいた。

こちらは若い――と感じたが、今にして思えば落ち着いていたし、四十代くらいだったのではないか。この女は、いつもぼんやりしているように見えた。窓辺にもたれて、外を見ていた。

窓辺に鳥籠があった。

あの家は、鳥を飼っていた。黄色っぽい鳥がいたので、インコか何かだろう。

私は、あの三人の姿をはっきりと思い出していた。

家の中は薄暗かったものの、電車の中からははっきり見えた。レースのカーテンが半分だけ閉められていて、ひっそりと過ごしていた三人。

女の色白の、表情に乏しい顔まで思い出した。

そうなのだ、印象に残っていたのは、いつあの家を見ても、窓辺にあの三人がいたせいなのである。

そのお客さんのところに行くのは、月に一度か二度。必ずその路線に乗り、いつも車窓からその家を見る。

すると、どんな時も必ず、その三人が二階のその部屋にいるのだ。

最初は仲のいい家族なんだな、と思った。和やかな雰囲気で、それぞれが自分の作業に没頭しているように感じた。

しかし、二回目に見かけ、三回目に見るようになると、だんだん不思議になってきた。

高齢と思しき女性はともかく、後の二人は働いていないのだろうか。

私が電車に乗ってお客さんのところに向かうのは、平日の昼間。こんな時間に、いつもいつもなぜ家にいるのだろうか。

それは素朴な疑問だった。

新聞を読んでいる男も、鳥の面倒を見ている女も、まだじゅうぶんに働ける年代のように見えた。

しかし、彼らは部屋の同じところにいて、いつも座っている。

もしかして、男は病気療養中だとか？　単に失業中？　それとも、あんな立派な洋館に住んでいるのだから、働かなくてもいいような身分なのだろうか。

そんなことを考えた。

だが、もっと奇妙なことに気付いた。

なぜ、いつもあの部屋にいるのだろうか。

その家は、かなり大きかった。他にもたくさん部屋はあっただろうに、三人はいつもかならずその二階の部屋にいたのである。他の部屋にいるのは見たことがないような気がした。

確かに、同じ家でも人の集まる部屋というのは決まってしまうものだ。ＴＶのある部屋、食卓のある部屋、リビング。いつも過ごす場所というのはなんとなく固定してしまい、席もめったに変えないというのはよくある話だ。

そんなふうに、不思議なところはいろいろとあったが、電車が通り過ぎ、目的地に着くといつもすぐに忘れてしまっていた。

それでも、鳥籠をつつき、話しかけているように見えた女の横顔だけが、いちばん強く印象に残っていたように思う。

ともあれ、「線路脇の家」を思い出したところで私はすっきりした。そのまま友人と呑みに行き、再びこの件についてはすっかり忘れていたのである。

しかし、この話にはまだ続きがあるのだ。

つい先日、私はその「線路脇の家」を偶然発見してしまったのである。

まさか、本物のある場所に出くわすとは到底想像してもいなかった。

それは、知り合いの法事の帰りだった。

やはり東京の東のほう。慣れない電車に乗り、初めて降りる駅で降りた。

住宅街の奥にあるお寺での法事だったが、道が狭くて、とにかく分かりにくいところで、なかなか目的地に辿《たど》り着けなかった。

遅刻しそうになってようやく辿り着き、冷や汗を掻きながら法事を終えた帰り道。

住宅街の中を歩きながら、近くを歩いている知り合いが、相続やら家の整理やらの話を続けているのを聞いていた。

と、いつのまにか、小高い丘の麓に出ていた。

見通しの悪い住宅街では、歩いているうちに思わぬ場所に出ることがある。まさにこの時がそうだった。

へえ、こんなところに出るんだ。

そう思った私は、すぐそばに異様な気配を発するものがあることに気付いた。

なんだろう、これ。

私は顔を上げ、思わずハッとして立ち止まった。

そこには、あの家があったのだ。

「線路脇の家」が。

最初、目にした時は、それがあの家だとは気付かなかった。遠く離れたところから見るのと、すぐそばで見上げるのとでは、家は全く違って見えるものである。それに、その家は、今や昔日の面影はなく、見るも無残な姿を晒していた。

もはや、誰も人は住んでおらず、廃墟と化していることは明らかだった。窓ガラスは割れ、屋根は剝がれ、門には鎖が巻かれ、敷地内には荒れ放題に草が伸びて、凄《すさ》まじいことになっている。

あの家だと気付いたのは、ふと前を見て、目の高さにあの電車の高架線が走っているのを目にした時である。

なんという偶然。

知り合いに置いてきぼりにされているのを知りつつ、私はそこにとどまり、しげしげと家を眺めた。

思ったよりも小さい家だったんだな。

そう思ったのは、やはり中が真っ暗で傷みがひどかったせいかもしれない。

私の目は、二階のあの部屋に吸い寄せられていた。

いつも三人がいたあの部屋。

カーテンが半分閉められ、いつもの場所に三人が座っていたあの部屋。不思議な調和。時間が止まっているようなあの部屋。

あれからもうかなりの歳月が経《た》っている。もしかすると、三人ともこの世の人ではないかもしれない。

表札を見るが、石の門柱にはめ込まれていた場所には何も残っていなかった。

ふと、荒れ放題の庭に、錆びた鳥籠が落ちているのを見つけた。

あの鳥籠だ。

そう直感する。

黄色いインコか何かが入っていた鳥籠。あの女が話しかけていた鳥籠。

白い横顔が、一瞬脳裏に蘇った。それがどんな顔だったのかは、もう思い出せなかったけれど。

私はこの偶然の邂逅に驚きながら、洋館を振り返り、振り返りして知り合いを追いかけた。

まだ処分されていなかったということのほうが驚きだ。権利関係が複雑で、更地にすることができないのかもしれない。

「どうしたの？」

追いついた私を、知り合いが不思議そうに振り返った。

「いや、なんでもない。あの家、以前よく電車の中から見かけてて、気になってたんだ。まさか、まだ残ってて、前を通りかかるとは思わなかったよ」

「ああ、あそこね」

知り合いは訳知り顔で頷《うなず》いた。

「知ってるの？」

「まあね」

「すごい洋館だよね。本格的というか。今じゃ建てられない」

「なんでも偉い洋画家が住んでたらしいんだけど、子供の代はバブルの頃で、相続税が払えなくって売却したんだよね。それで、そのあとはものすごくいっぱい所有者が替わってて、もう、今じゃ誰が持ってるのか分からないらしいよ」

「えー、そんなことってあるのかなあ」

「いっとき変な人が出入りしてて、たいへんだったみたい」

「変な人――」

荒れた庭に転がった錆びた鳥籠が目に浮かぶ。

次の瞬間、閃《ひらめ》いたことがあった。

そうか。そうだったのか。

「なんかした？」

私が立ち止まったのを見て、知り合いはこちらを怪訝そうに覗《のぞ》き込んだ。

「いや、なんでもない」

首を振って歩き出したものの、私の頭の中から鳥籠は消えなかった。

そうか。そうだったのか。

私は一人で頷いていた。

実に単純なことだった。当時の時代背景を考えれば、私が目にしていたものは明らかだった。

あの三人は、あの家を占有していたのだ。

そう思いつくと、あっさりと謎は氷解した。

いつも家にいたわけ。

いつも同じ部屋にいたわけ。

カーテンを半分閉め、ひっそり暮らしていたわけ。

バブルの頃、「占有屋」という商売がいっときはびこった。当時の法律では、不動産というのは、持ち主よりも、そこに住んでいる人の権利のほうが強く保障されていたのだ。圧倒的に弱い立場だった賃借人や店子《たなこ》を護るために作られた法律だった。持ち主が家を売ったとしても、住み続けている人がいる限りは、無理に追い出すことができない。

これが、当時は悪用された。不動産が競売に掛けられ、落札され所有権が移転しても、この法律を盾にそこに住み続けている人がいると主張し、法外な立ち退き料を要求するケースが続出した。暴力団などがあいだに入り、人を雇ってこうした物件に住まわせるということが広く行われていたのだ。

恐らく、私が目撃したのもそうした人たちだったのだろう。

あの、似ていない三人。いつ見てもずっと家にいた三人。なるべく光熱費を使わないよう、ひとつの部屋にいた三人。

どんな事情があったのかは分からない。

あの三人は、家族だったのだろうか。互いに元から知っていたのだろうか。実は血の繋《つな》がりはなく、あの時だけ集められた三人だったのかもしれない。

ほとんど会話もなく、同じ部屋にいた三人。

しかし、あの三人には奇妙な一体感があった。調和があった。同じ時間を過ごしているうちに、馴染んできてしまったのだろうか。

そして、あの鳥籠。

占有している家で、鳥を飼う。なんという皮肉。

彼女は、鳥籠の中の鳥に、自分の姿を見ていたのかもしれない。

「線路脇の家」。

それは、やはり、閉ざされた家だった。鉄路のすぐそばにありながら、どこへも行けない人たちが中にいた。あの絵に似ていると感じたのは、ある意味正しかったのだ。

あのあと、彼らはどこに行ったのだろう。

「ここではないどこか」に行けたのだろうか。

私はもう一度振り返ってみた。

だが、曲がりくねった道の奥にあった高台のあの家は、今はどこにも見ることができなかった。

球根

ようこそ、天啓学園へ。

本当に、よくぞいらっしゃいました。

ってまあ、正直、こんなところを見に来たあんたの正気をちょっとばかし疑ってるけどね。なんだってまた。うち、いわゆる世間一般的に見て、社会のお役に立ってるような学校じゃないからねえ。特殊っていうか。

え？　僕？　僕が誰かって？

そんなことどうでもいいじゃない。あんたはここを見たいだけなんでしょ。誰が案内しようが構わないでしょうが。

ふうん。気になるのね。

分かった。じゃあ、副会長ってことで。そう呼んでよ。

うん、天啓学園生徒会副会長。

知ってるでしょ。「副」と付いたらそれはなんでも屋だってこと。うん、手っ取り早く、僕に外から来たあんたの面倒な案内が押し付けられたってわけ。

ああ、そんなに気にしなくてもいいよ。僕、意外に常識人だし、こう見えても人づきあい嫌いじゃないんだ。大丈夫、見た目より僕も楽しんでる。だから、あんたも楽しんでいってよ。それなりにね。

ひとつ、忠告ね。これ、守ってもらわないと困るから。

僕のあとをついてきて。必ず。分かる？　文字通りの意味だよ。僕が通ったあとを、きちんと歩いてきてね。道を外れたり、はみだしたりしないこと。分かってるよね？

結構前のことになる。もう二年近くになるね。

やっぱりあんたみたいにうちに取材に来た人がいてね。一応、受験雑誌の取材で、傾向と対策みたいな雑誌だった。うち、受験するのもいろいろハードル高いし、かなり受験生選ぶんだけど、この世の中の学校という学校は全部載せたい、みたいなコンプリート願望のある使命感に燃えた人でさ。その時も僕が案内したんだ。

言ったよ、あの時も今みたいに。

僕のあとをついてきて、必ず。文字通りの意味だよ。僕が通ったあとを、きちんと歩いてきてね。道を外れたり、はみだしたりしないこと。

おんなじこと言ったんだよねー。そんな難しい忠告じゃないよね？　逆立ちして歩けとか、目をつぶって歩けとか言ったわけじゃないもん。

だけど、その人、僕の言ったこと、守らなかったんだよね。大人だから、一度言えばちゃんと守ってくれると思った僕が甘かったってことらしい。

写真を撮るのに夢中になってたっていうのもある。確かに珍しいものがいろいろあるから、撮りたくなる気持ちも分からないではないんだな。

あ、ついでに言うと、写真撮る時はその都度断ってほしい。撮影してほしくないものもあるんで。

ああ、仕事熱心なその人がどうなったかって？

あれさ。

え？　そう、あれ。

見える？　ウン、あそこの藤棚にぶらさがってる奴《やつ》。まだ藤の花の時期は先だけど。

うん。うちの鷹匠クラブで飼ってるハゲタカが綺麗《きれい》に食べたんで、もう白骨化してる。あ、ちなみに普通の鷹っていうのは、死んだ肉は食べないんだって。中に、ハゲタカも飼育できるか試してる物好きな部員がいて、そいつはハゲタカ専門でやってるんだけど、やっぱ難しいらしい。でも、さすがはハゲタカ、見事に骨になったね。時々、生物部が骨の講義に使ってるみたいだ。

あ、身寄りのない人だったらしくてさ。研究と見せしめのためってことで許可は貰ってるから。ちゃんと消毒もしてあるし。

ああ、あの人ね、許可なく芝生に入ったんだよ。僕がせっかくアテンドして学園の説明してたのに、いつのまにか離れてて、あの柵に囲まれた芝生にちゃっかり。『芝生に入るな』って書いてあるの見えるでしょ？　そこに堂々と。しかも、ずんずん芝生の上を歩いていって、薬草園をぱしゃぱしゃ写真撮ってたんだ。

僕、やめろって言ったんだよ。そこの芝生は環境委員が管理してるし、薬草園は生物部の植物班が大事にしてるところだからって。危険な毒草もいっぱいあるよって。なのに、すっかり夢中になっててさ。聞いちゃいない。

それでも、僕、必死に手を振って呼び戻そうとしたんだよ。環境委員に見つかったら大変だから。

でも、見つかっちゃったんだよねー。ちょうど巡回してた環境委員に。

うちの環境委員、すっごく怖いんだ。特に「芝生・命」の三年生が通りかかったのが運の尽きさ。怒り狂ってたもんなあ。僕、副会長権限で止めたんだけど、あまりの怒りっぷりに、手のつけようがなかった。

うん、ピアノ線でね。一息に絞め上げたもんだから、たぶん数秒で意識を失ったと思うよ。あれ、ピアノ線だったかな？　もしかすると違うかもしれない。テグスとかいうのかもしれない。なんでも、苔の保護とかするために、苔の上に格子状に渡しておいて、足を踏み入れられないようにするのに使う金属の糸らしいよ。いや、丈夫なんだね、ああいうのって。今は骨になってるから分からないけど、あの時、ほとんど首、取れかかってたもん。

困った大人だったけど、ああしてぶらさげておくと、見学者の皆さんの行儀が良くなるっていうんで、ずっとあそこに下げてある。いろいろ教訓が読み取れるよね。

時々、弓道部の連中が的にしてるんだけど、内緒にしといてね。ここだけの話だよ。

あ、そこの苔も気をつけてね。「苔・命」の二年生が来たら大変だよ。苔っていうのはものすごくデリケートで、いったん傷がつくと回復するのにえらく時間がかかるらしい。もし万が一、そこを踏んじゃったりしたら――おお、考えるだに恐ろしいね。

で、何が見たいんだっけ。これ、なんの取材？

ああ――生徒会長の噂《うわさ》を聞いたの。ふうん。どこで？

うん。それは本当。生徒会長はずっと一人。天啓学園の創立時からね。

そう。天啓学園の眠り姫、なんて名で呼ばれてるのも事実。

だって、ずーっと眠ってるんだもん。学園の奥の院にある神殿の中でね。ある意味、天啓学園は彼女のために造られたともいえる。

僕らは彼女のしもべ。こんこんと眠り続ける彼女に仕え、彼女が目覚める日をひたすら待つ。ほとんどの生徒は、その使命を果たすことなく、卒業していく。

僕らは——いや、天啓学園の生徒は——いや、天啓学園それ自体、いつの日か誰かが彼女を起こして、そいつが彼女から引き継いで次の生徒会長になる日を待ってるわけだ。

ここに入ってくる生徒たちは、そのためだけに入学してくる。たまに、転校してくるのもいる。世の中には奇特な生徒がけっこういるもんだよ。

あ、いっとくけど、普通の勉強もちゃんとやってるよ。さりげにうちの学校、偏差値は異常に高いんだ。そういう点でも入るの難しいんだよね。

でも、実のところを打ち明けると、希望して入ってくるというよりか、生徒会長を起こせそうな生徒を全国からスカウトしてくる、というほうが正しいかも。今日び、待っていてもなかなかそういう貴重な人材、やってこないからね。

噂によると、そういうのを捜す専門員がいるみたい。まるでどこかのレストランガイドの覆面調査員だね。

そうやって全国から集まってきた、素質のある生徒たちが、ひたすらいっしんに生徒会長の目覚めを祈願する。それが僕らの校是ってことさ。

なぜ？　って、言われてもねえ。

そういうもんだって思ってるからさ。すべてがそのために存在してるんだもん。もう生活の一部だし、疑問に思ったこともないな。

だけど、けっこう楽しいもんだよ。奥の院でこんこんと眠り続けてるお姫様がいるって考えるだけでもさ。わくわくするね。想像してみるとエロくない？

うん、噂によるとすっごい美少女らしい。

全然歳取《としと》らないらしいよ。どういう仕組みか知らないけど。コールド・スリープみたいなものなのかもしれないな。ただ、心配なのは、かなり長いこと眠ったままだってんで、この先どこかで目覚めたら、浦島太郎みたいにいっぺんに歳取っちゃうんじゃないかってことだ。あんなに可愛いのに、ミイラみたいになっちゃったらどうしよう。もったいないし、幻滅するよねえ。

え？

うん、実は、見たことある。チラッとだけどね。

横になっているんじゃなくて、立ってるんだ。両手を広げてね――彼女を拝むと、鳥居っていうのが人が手を広げてるところを模したんだってことがよく分かるよ。

とおせんぼをしてる拒絶のポーズなのか、歓迎して招き入れようとしているポーズなのか、それは見た時によって違うふうに感じる。彼女はいつも同じポーズ、同じ表情なのに、その時々の心理状態によって違って見えるっていうのは、面白いもんだね。

あ、校舎はあっち。奥の院を囲むように建ってるあの建物群がそう。

面白い配置でしょう。

奥の院が学園のいちばん中央にあって、周りを四角い水路がぐるりと囲んでいる。ちょっとした迷路みたいでしょ？　ほんとのところは一筆書きになってて、ゆっくり二時間かけて水路を巡るようになってるの。面白い眺めだよね。僕なんか、根が俗物だから、いつもこの水路を見てると、ラーメンのどんぶりの模様みたいだなあ、って思っちゃうんだよねー。

ああ、気がついた？

うん、水路の中を人が流れてるでしょ。

あれ、本番のための訓練なんだ。意識を集中させて、笹舟に乗って、水路を流れていく。笹舟ったって、ほんとの笹じゃないよ。竹舟、というほうが正しいかな。小さな舟で、人ひとり乗るのがやっと。面白いもんで、雑念があると、人間の身体って重たくなるんだね。無心で横たわってないと、舟が沈んじゃうんだ。いい訓練になるよ。

本番？　ああ、もうじきだよ。

もうすぐ開花の時期だからね。

夜通しの作業になるから、体力作りも大切だね。ずっと念を送り続けるのって、傍目で見てるよりもずっと重労働なんだ。しかも、ずっと途切れずに意識を集中させているにはかなりの訓練がいる。意識がまだらになってると、そこから意識が漏れたり、不安定になって悪夢を見たり、つけこまれたりする。

毎日、授業で念を送る稽古するんだけど、入学したての子だと、なかなかうまくいかない。すぐに出来る子となかなか出来ない子がいて、人によって上達のスピードはさまざまだ。だから、念送りの授業は、学年別じゃなくて、習熟度別になってる。試験は実技試験だから、けっこう難しい。成績上位のクラスは年齢がばらばらなんだよねー。

実際、代表として眠り姫にアクセスできるのはたった一人。

いちばん力の強い子が生徒会長に「念送り」をするんだけど、これがまたリスキーでね。

どうやら、生徒会長はこんこんと眠ったまま夢をみてるらしいんだけど、夢の内容が悪かったり、虫のいどころが悪かったりすると、起こそうとした代表に八つ当たりするらしい。たまたまそんなところに当たっちゃったら、これまた悲劇だよ。精神が破綻しちゃった例がいくつかあるらしい。眠り姫の夢と抵抗は、かなり強力らしいんだ。

僕はありがたいことにまだ目撃したことはないけどさ。

ううん。うちの生徒の男女比は、ほぼ半々なんだ。

巫女《みこ》さんのイメージがあるのか、女の子のほうが多いでしょうって言われるけど、そんなことはない。思春期の抑圧されたエネルギーは、男も女も一緒だよ。最近は、むしろ男の子のほうが抑圧されてるかもしれないね。

さあねえ。

誰がこんなこと考えついたのかは知らないけど。

そういうことになってる、としかいいようがない。

道端のお地蔵さんって、なんだか足を止めて手を合わせたくなるじゃない？

どうしてか、とか、どんな理屈で、なんて考えない。そういうのと同じじゃないかな。

納得できない？

じゃあ、こういう説明はどうだろう。

ポルターガイストってあるじゃない？　家鳴りがしたり、家具が揺れたり、石が降ってきたりって現象。騒がしい幽霊って意味だけど、あれって思春期の子供がいる家で起きるって説があるでしょ。

そのエネルギーを使おうって思いついたやつがいたわけさ。

しかも、日本中から、そういう鬱屈した思春期のルサンチマンを溜め込んだやつを集めちゃおうって思ったわけさ。いやはや、独創的というべきか、トンデモな発想というべきか。凄《すご》いのは、それを実行に移しちゃったところだよね。しかも、真面目にデータを取って、そういう思念の強い家系があちこちに存在することを突き止めて、そこからより思念の強いのを集めてこようと考えたってところが凄い。

てなわけで、それを実地でやるためにできたのが天啓学園ってわけ。ね？　なかなかユニークな学校でしょ。寝てる人を起こすためだけに学校作ったなんて、あとにも先にもうちだけだと思うよ。

おや、あきれてる様子だね。

そんなにおっきく口を開けてたら、ハゲタカがそこに巣を造るかもしれないよ。

まあ、お聞きなさいって。

天啓学園のユニークなところは、これから説明する部分にあるんだからさ。ほんとだよ。お楽しみはこれからさ。

はい、あれなんでしょう。

あれって、あれだよ。あのぐるぐる迷路みたいな水路のあいだに、びっしり植物が植えてあるでしょ。

うん、今ちょうど伸び盛り。もうすぐつぼみが膨らんで、一斉に花が咲くよ。あれ、なあんだ。

ショウブ？　アヤメ？

違うなあ。葉っぱの形見て分からない？　小学校で、水栽培とかやんなかった？

ううん、ヒヤシンスじゃなくて。

あれ、チューリップさ。

凄いだろう！　ウン十万本のチューリップなんだ。ちゃんと数数えたことないけどね。

年々増えてることは確か。

実は、当学園で栽培してる植物で最も数が多いのは、芝生でも苔でもなくて、チューリップなんだ。

知ってた？　チューリップって、トルコが原産地なんだって。一説によると、トルコという国の名前自体がチューリップを指してるらしい。当然、国の花はチューリップだって話だ。

ものすごくたくさん種類があって、もちろん当学園でもさまざまな品種を生み出してきた。学園内のチューリップがぜんぶ咲いたら、こりゃまたたいへんなことになる。色彩の洪水、なんて陳腐な言葉じゃ言い表せないな。色彩の爆発、もどこかで聞いた言葉だし、色彩の暴発、とでも言いましょうか。色彩の花火、なんてのもいいかもしれない。

そうなんだ。天啓学園の敷地のほとんどには、チューリップの球根が植えられているのさ。

想像してみると、凄くないか？

土の中にびっしりと並んでいる球根。まるで仁丹みたい。仁丹のケースの中に、銀色の仁丹がびっしり詰まってるところ、見たことある？　僕はある。おじいちゃんが、いつも仁丹持ち歩いてたからね。初めてあれを見た時はびっくりした。あれを初めて見て薬だと思う人間がどのくらいいるか？　ふつう、分からないよねえ。銀玉鉄砲の弾の小さいのかと思った。

球根。

不思議な物体だよね。

僕は、土の中に球根が埋まってるところを思い浮かべてると、奇妙な気分になってくるんだ。あのまん丸の球体からヒゲ根が伸びて、土の中から養分を吸収してるところを想像すると、もやもやしてくる。

あの中に、養分が溜め込んであるんだと思うと、エロくない？

開花のあとに花を取って、茎を取って、葉っぱだけになってくたっとなったところもエロい。何度も花を咲かせ、土の中でどんどん分球して、密《ひそ》かにちっちゃな球根が増えていくのもエロい。

誰にも気付かれないよう、こっそり赤ん坊産んでるみたいじゃん？

適切に保存しておけば、何年も経ってからでも花を咲かせられるのもエロい。じっと待機していて、ここぞという時に花を咲かせるなんて、なんという深謀遠慮だろう。開花の時期をじっくり待ってるところを思い浮かべるとゾクゾクするね。

天啓学園の生徒は総出でチューリップの球根の世話をするんだけど、みんな球根に夢中。うっとりしながら年に一度の開花を待つ。

なんでチューリップかって？

さあね。単に花が可愛いからじゃないの？

もちろん、球根だってことも重要だ。

こういう、丸くてずっしりとした重みがあるものって、頭の中でイメージしやすい。念を集めやすい。集中しやすい。そういうことだったんじゃないかな。

僕らは、球根が栄養分を補い、開花の時の疲れを癒すのを手伝う。

栄養と一緒に、球根は僕らの思念を溜め込んでいくのさ。

授業で思念を送る稽古をすると言ったろ？　対象はズバリこの球根だ。球根に、半年かけて僕らの思念を詰め込んでいくんだ。

眠り姫よ目覚めよ。

生徒会長よ目覚めよ。

そう祈りながら、僕らのエネルギーを充塡していく。

それって、結構すごい眺めだよ。

全国からやってきた、よりすぐりの「念送り」の使い手たちが、ひとつひとつ送りこんでいくわけだから。

僕らの思念とともに、球根はじわじわと栄養分を蓄えていく。球根は徐々に力に満ちていく。僕らの思春期のエネルギーが、球根を何か別のものに変えていく。

僕らは、その日に向けて、感覚を研ぎ澄ましていく。訓練していく。その日、球根たちと共に、彼女にすべてのエネルギーを繋ぐため。いわば、天啓学園という回路を通じて、彼女と「通じる」ために一年を過ごす——

その日、僕らは手をつなぎ、ひとつの回路となって、代表者にすべてを託す。彼女を起こしたい、彼女を引き継ぎたいと願う。

その日を夢見て、そこここで色彩を暴発させているチューリップと共に、僕らは、天啓学園は、ひとつになる——

ほらほら、その馬鹿にした顔、ちょっと勘弁してよね。

せっかく洗いざらい天啓学園の秘密を教えてあげたっていうのに、さっきよりも口開いてる。

つーか、ひょっとして、マジかよこいつ、イカレてる、って表情なの？　それって。

あれえ、何怒ってるの？　僕、何かまずいこと言ったかしらん？

何それ。

この異常な学園の実態を白日の下にさらす？

天啓学園のこと？

当たり前だろ、との仰せですが、異常でしょうか、天啓学園。傷ついちゃうなあ。僕、結構愛校精神あるんですけど。

死体を晒してるなんて信じられない、との仰せですか。

あれね。

さっき通った、あの藤棚の死体のことね。

はい、かつてあんたの先輩だったあの死体ね。

うん？　何、今度はその驚いた顔。

ははあ、僕らが調べてないと思った？　あんたの身元を？

あの人と同じ職場にいたのね。あの人から仕事を教わったのね。恩義があったのね。行方不明だったのね。最後に訪ねたのがウチだったのね。

はい、調べてましたよ。

うちの情報網、舐《な》めたもんじゃないですよ。ほら、うち、覆面調査員がいるからさ。

なんで？　芝生に入ったのはあの人だよ。僕の説明もちゃんと聞いてなかったし、しかも約束守らなかったし。

天啓学園は、天啓学園だよ。ここに入ってくる者たちは、そうと知っている。みんなが同じ目的を持って暮らしている。学んでいる。修行を積んでいる。

なんであんたにそれを非難する権利がある？

あの死体のせい？

悪いのはだれ？

僕はあの死体のせいだと思うけどな。

分かりましたよ。記事を書くのは自由ですよ。僕はこう見えて寛大なんだ。

だけど——僕は寛大なんだけど、環境委員がねえ。

ほら、興奮しないで。

あんた、いつのまにか道をはみだして、そこの立派な苔を踏んでるよ。足、上げて。

あーあ、ばっちり足跡ついちゃった。

まずいな。「苔・命」の例の二年生が通りかかったよ。

コンチハ、見回りお疲れ様。

いつもありがとう。
え？　この人が苔を？　いや、僕はちゃんと説明したよ。

逍遥

1

「うわー、寒いなーこっちは。五月の終わりだっていうのに」

小津康久《おづやすひさ》は、二の腕をしきりにさすっていた。

ジャケットを羽織っているものの、背中を丸めている。ジャケットを着慣れていないようで、その日焼けした肌に長袖が似合っていない。

「ホントですね。しかもすごく乾燥してる」

岡本喜良《おかもときら》は、フード付きジャンパーという格好で、きょろきょろと周囲を見回す。

「うん。イギリスって、いつも天気悪いって印象があるから、もっとじめじめしてるのかと思った」

「やっぱり緯度が高いせいですかねえ」

「――で、ここが問題の場所なんですよ」

伊丹十時《いたみとき》は、二人に向かって手を広げてみせた。

灰色の空。

雲は厚いがそれでもうっすらと明るく、とりあえず雨が降り出す気配はない。

彼らが立っているのは、小さな集落の切れ目である。どうやら街道筋とでもいうような場所で、通りに面して小さな宿やパブがこぢんまりと並んでいて、観光客と思しきグループが外のテーブルで寛《くつろ》いでいるのが見える。

彼らの目の前には、なだらかな丘陵地が広がっていた。辺りは見渡す限りのくすんだ緑色の草地。

ところどころに黒っぽい林のかたまりが見え、遠くには放牧された羊の群れもちらほら見える。

康久は、風の匂いを嗅《か》ぐように、目を閉じて鼻を突き出した。

「ふうん、のどかだねえ。いかにもイギリスの田園風景って感じだ。ここって、ロンドンからどのくらい離れてるの？」

「電車で二時間くらいですかねえ」

喜良はぐるりと辺りを見回した。

「いいところですねえ」

「ほんと、絵本に出てきそうだ。いいなあ、こんなところでゆっくり研究できるなんて」

「確かに、思索には向いてると思いますけど」

十時は肩をすくめた。

「でも、ご覧のとおり、ほとんど人通りはなし。見晴らしは良好で、隠れて陰謀をするのには向いてません」

「だね。で、ここからスタートしたと」

「はい」

道端に、見過ごしてしまいそうな小さな看板があり、その先に細い道が始まっていた。長年踏み固められてきたと見え、そこだけ草が生えていない。

少し離れたところに、小さな柵がある。

「へえ、これがフットパスですか。初めてです」

喜良がしげしげと看板を見た。散歩やハイキングを好むイギリス人のために各地に整備された、ウオーキング用の道である。

「歩いてみましょう」

十時が先に立って歩き出した。

康久と喜良はおっかなびっくり、彼に続いて歩き出す。

「うわあ、不思議」

「リアルだ。ほんとに俺、イギリス歩いてるよ」

二人は口々に声を上げ、信じられないというように自分の足元を見下ろす。

「お二人は、初めてですか？　ＲＲ」

「うん。でも、こんなにヴィヴィッドだとは思わなかったよ。それこそ、テレビ電話のもうちょっとリアルなやつ、くらいにしか考えてなかったから」

康久が呟《つぶや》く。

「僕もです。でも、うん、これならじゅうぶん使えるなあ。世界各地の工事現場で、日本にいながらにしてリアルに打ち合わせができる」

喜良は声を弾ませた。が、すぐに何か思いついたように愕然《がくぜん》とした表情になる。

「あ、でも、そうすると、僕、飛行機に乗れなくなっちゃいますね」

十時と康久が声を揃《そろ》えて笑う。

喜良は「超」が付く「乗りテツ」ならぬ「乗りヒコ」であり、とにかく飛行機に乗って高度一万メートルに滞在していたいという男だからだ。どこかに行っても空港を出ず、すぐに飛行機で引き返したりするのは日常茶飯事らしい。

「うーん、実際こうしてここにいて君と話していても、まだ信じられないね。君からも、周りの人からも、ちゃんと僕らは見えてて、存在してるわけだろ？」

康久が改めて周囲を見回し、十時の顔を覗き込んだ。

「はい。見えてますし、ちゃんと存在感があります。ホログラフィとは違うんですから」

「それが不思議なんだよね」

康久は腕を組んだ。

「つまり、僕は今、マレーシアとロンドン郊外と、同時に二箇所で存在してるわけだよねえ？」

「僕は香港《ホンコン》とここに」

「はい」

十時が頷く。

「でも、意識はひとつだし、時間は連続してるわけですからね。マレーシアにいる小津さんが、今別のことをやってるわけじゃない。要は、人間は意識で実体を認識してる——極端な言い方をすると、意識が実体を『作ってる』ってことらしいです」

「理屈では分かるような気もするんだけどね」

「これって、『バベル』の技術の応用なんでしょう？」

喜良が尋《たず》ねる。

「はい。人間が脳を介してコミュニケートしている、ということから発展した技術です。今、お二人は僕の脳を介してイメージを共有してるわけで」

「じゃあ、これって、君の感じていることであって、僕が感じているわけじゃないってこと？」

「いえ、そういうわけじゃないんです。僕が感じられるようなことであれば、あなたたちも実際に感じられますってことなんですよ、リ《R》モート・リ《R》アルっていうのは」

2

柵には木戸が付いていて、柵の先端に輪になったワイヤーで留めるようになっていた。

「木戸は閉めておいてくださいね。羊が逃げるのを防ぐためのものですから」

十時に言われて、喜良は通り抜けた木戸を閉めるとワイヤーを掛けた。

「うーん、こうやって触《さわ》れるのも不思議」

喜良は、木戸とワイヤーを何度も撫《な》でている。

「ホントだねえ」

康久は、しゃがんで足元の土に触っていたが、立ち上がって手をはたいた。

「――さて、どんな事件だったのかな？　名探偵伊丹十時でも解けない謎があるなんてね」

十時は苦笑した。

「名探偵じゃありませんよ。あの時だって、結局、僕、なんの役にも立たなかった」

「そんなことありませんてば」

三人が知り合うきっかけになった、日本の空港での事件を指しているのだ。人の巡り合わせというのは不思議なものである。あれから何年も経つのに、こうして今もたびたび顔を合わせているのだから。

「単純な話ですよ。一本道を歩いている二時間のあいだに、懐中時計が消えてしまった。そして、今も見つかっていない」

「この道で？」

「そうです」

三人は立ち止まり、目の前に続く細い道を眺めた。

「いつの話？」

康久が尋ねた。

「二週間前の木曜日です。時間は今と同じ午後二時くらい。天気も似たような感じでした。あの時はちょっと雨がぱらついてたけど」

「わざわざ条件を同じにしたんだね」

「はい。そのほうがいいかなと思って。僕たちは四人いました。近くのマナーハウスで、分科会みたいなのがあって」

十時は天文学者である。

「あの日、午前から午後にかけてひとしきり会議したんで、ちょっと気分転換に散歩しようってことになったんです。仮にA先生、B先生、C先生としましょう。懐中時計を持っていたのはA

先生」

「四人の年齢は？」

康久が尋ねた。

「A先生は七十くらい。B先生とC先生は五十代半ばくらいです」

「全員男性？」

「はい、そうです」

「懐中時計って、どのくらいの大きさですか？」

「かなり大きい。直径七センチほどの、古い懐中時計です」

十時はスマホを取り出し、写真を見せた。

「ほぼ実物大です」

写真の中には、誰かの掌《てのひら》に納まった古い懐中時計があった。鎖が付いていて相当な年代物だが、きちんと手入れがなされているのが窺える。

「今どき懐中時計とはね。さすがイギリス人」

「これは誰の手？」

「A先生の手です。持ち主の」

肉厚の、がっしりとした掌である。

「その時、確かにA先生は懐中時計を持ってたんですね？」

喜良が尋ねる。

「はい。このフットパスに入るところ——まさに、今僕たちが通ってきた木戸のところで、先生が一度ジャケットのポケットから取り出して、時間を確認しましたから。それはみんなが見ています。それを再びしまうところも」

「なるほど」

「それから、四人でぶらぶらとこの道を歩きました。一時間ほど歩いて、一服して、それから戻ってきた。往復ほぼ二時間です。で、戻ってきたところでA先生がもう一度懐中時計を見ようとしたら、なくなっていた」

「落としたってことですか？」

「最初はそう思って、みんなで探したんです。なにしろ、この二時間のあいだになくしたことは間違いないわけですからね。だけど、見つからなかった」

「ふうん。結構大きなものだから、落としたら気付きそうなものだよねえ」

「音とかしなかったんですか」

「石畳の道路ならともかく、土や草の上って意外に気付きにくいんですよね」

「ポケットが軽くなったのにも？」

「実は、A先生というのは、ポケットにいろんなものを突っ込む人でしてね。他にもごちゃごちゃ入ってて、ポケットはいつもぱんぱん。なので、懐中時計が減っても気付かなかったらしい」

「いますよねー、そういう人。ポケットにモノいっぱい詰めて、ジャケットの型が崩れちゃっても気にしない人」

「ズボンのポケットに入れたとか」

「いえ。その場で全部のポケットを引っくり返してみたけど、どこにも入ってなかったんです」

ね」

「はい。二度往復して調べて、足を踏み入れてない道の周りまで、念のために探したんですけど
「で、未《いま》だに見つかってないんだね？」

十時は溜息《ためいき》をついた。

「きっと大事なものなんだろうなあ」

「ご家族の形見だそうです」

喜良が頭の後ろで手を組む。

「不思議ですねー、落とし物って。僕もずーっと昔、経験ありますよ。絶対この範囲に落としてるはずだって思って探しても見つからなかったってこと」

「それ、モノは何だったんですか」

十時が興味を持ったらしく、振り向いた。

「電車の切符です」

「おや、電車乗ったの。珍しい」

「仕事で、他の人と一緒だったんで仕方なく」

喜良は飛行機に乗れなかったのがいかにも残念だというように首を振った。

「切符って、乗車前にバタバタしてるといつのまにか変なところに入れちゃったりするから、いつも入れる場所決めてるんです。その日もカバンのいつも通りのポケットに入れてて、そこから出して改札通って、同じポケットに戻したはずだった。なのに、電車に乗る時にもう一度ポケットの中を見たら、なかったんです。つまり、落としたのは改札とホームとのあいだのはずでし

ょ？　大した距離じゃないんですよ。だから、そこを行ったり来たりしたのにどうしても見つからなかった」

「で、どうしたの？」

「あきらめて、電車に乗りました。中で車掌さんか、降車駅で駅員に説明しようと思って。で、しばらくして、ふともう一度ポケットの中に手を入れてみたら、あったんですよ、切符が」

「へえー。落としてなかったってこと？」

「はい。切符って、裏が磁気で黒いでしょ？　僕、切符を裏返しにして入れてたんですよ。ポケットの中の生地も真っ黒だったから、パッと見、切符が入ってないように見えた。単に落としたと思い込んでただけだったんですね」

「なるほどねー」

「僕、昔からおみくじに『失せ物』の項があるのをずっと不思議に思ってたんです。出る、出ない、しばらくしたら出る、とか。やっぱり、昔の人も『ここにあるはずなのにない』という経験があったんでしょうねえ。時々、これ絶対時空の彼方《かなた》に消えてると思うことがあるもんなあ」

「相変わらず喜良君の発想は面白いね」

康久はくすくす笑った。

「でも、視点を変えれば見つかるかもしれません。トトさんも、そう思ったから僕らを呼んだんでしょ？」

喜良は十時の顔を覗き込んだ。

十時は口ごもり、頭を下げる。

「ええ、まあ。お休みのところ、すみません」

「いいよ、いいよ。今回、RRを体験するには、絶好の機会だったもの。僕、トト君に頼まれなかったら、体験できなかったかもしれないな」

「僕もです。じゃ、探しましょうか」

三人で頷きあう。

「でもさ、それこそ灯台下暗《もと》しで、フットパスの入口をよく探したほうがいいんじゃない？　いちばん初めに取り出した時に落としてるかもしれないでしょ」

「それは僕たちも考えました。入口で落として、誰かが持っていってしまったんじゃないかと」

「だよね。それなら道で見つからないことの説明がつく」

「だけど、A先生は、それはないって言うんです。しばらくのあいだ、懐中時計をポケットの中で握ったまま歩いていたからって」

「ふうん」

三人はきょろきょろしながら歩き始めた。傍《はた》から見たら、かなり不審な感じがするに違いない。

「金属探知機があればなあ」

「あの懐中時計って銀？」

「はい」

「こういうのって、自分なら絶対見つけられるって思いません？」

「思うね」

「あれ、なんなんでしょうねえ。根拠のない自信」

「だけど、実際、気合なんだよね、失せ物探しって。いちばん執念のある人が見つけられる」

「おみくじといえば、僕、あれも不思議です。『待ち人』の項。あの『待ち人』ってなんなんでしょうねえ」

「運命の人？」

「いえ、結婚運と恋愛運とは別なんですよ。よく、『待ち人来《きた》らず』っていうでしょ。あの『待ち人』は誰なんだろうって、あれも子供の頃からずっと疑問で」

「あ、それは僕も考えました」

道端の草むらを覗き込みながら、十時が加わる。

「結婚の相手でもなく、仕事の相手でもない『待ち人』。僕が思うに、あれは何か、『運命』とか『天啓』みたいなもののことを指すんじゃないかと」

康久がのけぞった。

「こりゃまた、トト君は大きく出たね。運命ですか」

「はい。自分ではどうこうできない、『お告げ』みたいなものなんじゃないかな」

「お告げねえ」

三人はきょろきょろしながら進んでいく。

「実際のところは、立ち止まらずに普通に歩いてたわけでしょ？」

「はい。一度も立ち止まりませんでした。ずっと金星のスーパーローテーションについて話をしてました」

「金星？　スーパーローテーション？」

康久と喜良は目をぱちくりさせる。

「金星って、惑星の中ではいちばん地球と似てると言われてるんですけど、地表付近で常に凄まじい強風が吹いてるんです。これをスーパーローテーションと呼ぶ。どうしてそんな状態なのか、何が強風を引き起こしているのかが謎とされています。で、実は、地球もかつてはそういう『強風世界』だったんじゃないかっていう説があるんです。あまりの強風に、人類が外に出られず、洞窟内で暮らしていた時間がとても長かったから、こんなふうに体毛の少ない、色素の薄い身体になったんじゃないかと」

「へえー」

「あっ、リスだ」

喜良が、道を横切る小動物を指さした。

「あ、ほんとだ。リスって小さいんだねえ」

「可愛い」

リスは道の真ん中でぴたりと止まり、一瞬こちらを見たが、次の瞬間、またするすると草地に飛び込み見えなくなった。

「俊敏なんだね、リスって」

「木登りとか、めちゃめちゃ速いですよ」

「以前、韓国の山で見たリスは、海苔《のり》巻き食べてたなあ」

「リスの食料って木の実じゃないんですか？」

「雑食なんじゃない」

と、携帯電話の着信音が鳴り響く。

その響きはやけに現実的で、のどかな田園地帯には場違いに感じられた。

「誰？」

「僕だ」

康久がジャケットのポケットを押さえた。

3

康久は携帯電話を取り出し、相手を確かめると、すぐに出て何事かひそひそ声で話をしていた。

電話を切ると、顔を上げて十時を見る。

「ごめん、僕、ちょっと離脱するよ。すぐに戻ってくる」

「お仕事？　大丈夫ですか？」

「うん、大丈夫。書類確認するだけだから」

「分かりました。じゃあ、繋いだままにしといていいですね？」

「うん」

「じゃあ、続けてます」

「了解」

二人は康久を見守っていた。

と、不意に彼の姿が消え始めた。

「おお」

「初めて見る」

文字通り、空気の中に、するっと入りこむように、ちょっとずつ身体《からだ》が呑みこまれていく。まるで、柔らかな壁の中に歩いていったようにも見えた。

ほんの一秒もかからず、康久はこの場から消え失せた。

「へえー。本当に『消える』んですねえ」

喜良が感心したように呟き、康久が今まで立っていたところに思わず手をかざした。

「僕は何回か見たことあるけど、まだ慣れないなあ。いつ見てもびっくりするよねえ」

「これって、テレポーテーションとは違うんですよね？」

「テレポーテーションは瞬間移動ってことだから、違います」

「なるべく手ぶらでって指示されましたけど、身に付けてたり手持ちしてるものに関しては持ち運びできるんですよね？」

「ええ。付随してるとみなせるものはね」

「僕たち、移動しちゃって大丈夫なんですか？」

「ホストは僕だから、僕が繋いでる限り、僕がいるところにしか来られませんよ」

「これって、何人まで繋げるんですか？」

「どうだろう」

十時は考えこんだ。

「今のところ、共有閾値《いきち》はせいぜい十平方メートルと聞いてるから、その範囲内に入れる人数となると――ぎりぎり二十人くらいまでは呼べるのかなあ」

「ふうん。じゃあ、離れると？」

「弾《はじ》き飛ばされて、元の場所に戻るそうです」

4

「ごめんごめん」

それから十数分後、康久は離脱した時と同じく、唐突に戻ってきた。

声が先に聞こえ、不意に何もないところから腕がにゅっと出て、するっと全身が現れたのである。

「うわっ」

喜良は思わず声を上げてしまった。

「これってけっこう危ないですね」

「うん。だから、RRをする場所は余裕を持って選ぶよう、厳重に言われてるんですよね」

「どう、見つかった？」

康久が尋ねると、二人は「駄目です」と首を振る。

それからも、三人は地面に目を向けたまま、のどかな道を歩き続けた。

だんだん疲れてきて、無口になる。

気合を入れて探しているものの、あくまでのどかな散歩道にはろくにゴミも落ちていない。それなりの大きさ、重さがある懐中時計ならすぐ目につくはずであるが、見間違えるようなものもない。

「うーん。ないねえ」

「もうすぐ折り返し地点です。あそこ」

十時が少し上り坂になった先のほうを力なく指さした。

確かに、なんとなく折り返し地点にしたくなるような、こぢんまりした林がある。

「あそこで、道が二つに分かれるんで」

ほんの少し、その林の上の雲が薄くなって、オレンジ色の光が滲《にじ》んでいた。

三人はのろのろと坂を上り、木陰になったところで一休みした。

「あの時も、ここで一休みしました。ひとしきり雑談して、引き返すことにしたんです」

十時が辺りを見回した。

「で、A先生が『一服して、すぐ追いかけるよ』って言ったんです。ポケットからくしゃくしゃになった煙草《たばこ》の箱を取り出して」

「その時に落としたんじゃないですか？」

「もちろん、ここも探しましたよ。隈《くま》なく、ね」

「その時には、まだ懐中時計はあったんですか？」

「A先生は分からない、と言ってます。で、僕たちは歩き出して、すぐに先生も煙草を吸いながら追いかけてきて、元来た道を戻りました」

「で、木戸のところまで来たら時計がなかったと」

「そういうわけです」

「僕たちも、戻りますか」

三人は、雲に滲む太陽を誰からともなくぼんやりと見上げた。

5

「――ねえ、トト君。僕らを呼んだのには、何かもっと深い理由があるんじゃないの？」

とぼとぼと道を引き返し始めた十時の背中に、康久がためらいがちに声を掛けた。

「えっ？」

十時がぎょっとしたように振り向く。

「深い理由って？」

その顔は心なしか青ざめている。

「いや、なんというかその」

康久は、十時の反応に戸惑《とまど》ったかのように首をかしげた。

「ただの失せ物探しで僕たちをわざわざ呼ぶとは思えなかったからさ。何かこの件が、深刻なトラブルになってるんじゃないの？」

十時は絶句して立ち止まってしまった。

喜良が不思議そうに十時を見ている。

つかのま躊躇《ちゅうちょ》したのち、十時は口を開いた。

「――実は、今、ちょっとマズイ雰囲気になってまして」

「というのは？」

「B先生とC先生は、現在とあるポストを巡ってライバル関係にあるんです。で、それを決める立場なのがA先生で」

　十時は他に誰もいないのに声を潜めた。

「ははあ」

　康久と喜良が納得したように声を上げる。

「だから、B先生とC先生は、互いに相手がA先生の懐中時計を盗んだんだと申し立てているんです。つまり、そのポストに相手はふさわしくないと互いに主張している。もちろん、今も時計は出てこないし、どちらの申し立てにも証拠がない。挙句の果てには、二人とも僕が盗んだと言い出す始末で」

「なんでまた」

「八つ当たりというか、巻き添えですよ。僕が探偵小説を好きで、探偵の真似事《まねごと》をしているからというのがその根拠らしいんですが」

「なんですか、それ」

「言いがかりもいいところだね」

　康久と喜良はブーイングをする。

「なんですけど、それが噂になってて、弱ってるんです」

「ひどいね」

「Ａ先生はなんと言ってるの？」

「最近、全然話してません。僕ら三人とも避けられてるみたいで。盗んだ盗まないの話になったことに嫌気が差したんだと思います。あるいは、本当に僕ら三人の中に時計を盗んだ犯人がいると思ってるのかも」

　十時は元気がない。まさか自分が泥棒呼ばわりされるとは思ってもみなかったのだろう。思いもよらぬ濡《ぬ》れ衣《ぎぬ》に傷ついているのが窺える。

「うーん」

　康久と喜良は慰めようと口を開きかけたが、かける言葉が見つからず、口をつぐんでしまった。肝心の懐中時計の行方が分からないのでは、あまり慰めになりそうにない。

　とぼとぼと引き揚げる三人。

　ひときわ長身の十時の背中が小さく見える。

　帰り道は早かった。惰性で目は懐中時計を探しているものの、既にあきらめの境地に入っていることを互いに感じていた。

「そろそろ三時間のＲＲになりますね」

　喜良が呟いた。

　最初に通った木戸が近付いてくる。

「まあ、いようと思えばずっといられるわけだけど」

　三人は足を止め、なんとなく顔を見合わせた。

「今日は、長時間ありがとうございました」

十時はぺこりと頭を下げた。

時計は見つからなかったものの、二人と話せて少し気持ちが軽くなった。

康久と喜良も心残りのようだが、もうじき暗くなるし、これ以上探せない。

「今度、マレーシアにも来てよ」

「東京にも、ＲＲで来てください」

二人は改めて、自分たちのいる場所をしげしげと見回した。

「ほんとにイギリスにいるのに、一瞬にして戻れちゃうのが不思議だよねえ。これ、仕事で使えるね」

「僕も使います」

「こんなふうに、調査もできるよね」

「それこそ、トトさんみたいに学会なんかの多い人は便利ですよね」

ふと、喜良は自分の言葉に反応したように天を見上げ、黙り込んだ。

「――学会？」

もう一度、そう呟く。

「どうかした？」

「小津さん」

喜良は、いきなり康久を見た。

「なに？」

「さっき、離脱した時、何しに行ったんですか？」

「え？　書類を見に行ったんだけど」

「電話するためですよね？」

「うん」

「その書類って、今持ってます？」

「いや。向こうで見て、向こうに置いてきたけど」

康久は口ごもる。喜良の質問の意味が分からないらしい。

それは十時も一緒だった。

喜良は、しばし考え込んだ。

康久と十時は顔を見合わせる。喜良は顔を上げた。

「トトさん、フットパスを入口へ引き返す時、A先生だけ一人後から来たんですよね？　一服するからと言って」

「うん」

「その時、先生が煙草に火を点《つ》けるところは見ました？」

「いや。僕らは先に歩き出してたから。でも、先生、すぐについてきたよ」

「すぐってどれくらい？」

「本当にすぐ」

「それがどうかしたの？」

康久が尋ねる。

「あのう——もしかして、A先生は、RRで分科会に参加してたってことはありませんか？」

「え？」

十時は思わず聞き返した。

「先生が？」

「はい。だって、先生は、あそこで、くしゃくしゃになった煙草の箱を取り出したって言いましたよね？」

喜良は折り返し地点を指さした。

「言ったけど――」

「それって、煙草が切れてたってことじゃないですか？」

十時はハッとした。

先生の手元が脳裏に蘇る。確かにあれは――

「ということはつまり」

「先生は、新しい煙草を取りに離脱したんですよ。お話聞いてると、先生、あまり几帳面《きちょうめん》な人じゃないですよね。ポケットになんでも詰め込んだまま。切れた煙草の箱も、入れっぱなしだった。で、先生、離脱した時に新しい煙草をポケットに突っ込んだ――そうだ、先生が、木戸のところに戻ってポケットを引っくり返した時に、新しい煙草の箱はありましたか？　そして、空っぽでくしゃくしゃの煙草の箱は？」

十時は記憶を探る。

彼には、「映像記憶」に近い能力がある。

先生が自分のすべてのポケットを引っくり返して、木戸のそばで広げた時――

新しい煙草はあった。封を切ったばかりの箱。しかし、くしゃくしゃの箱は――

十時は顔を上げた。

「なかった」

「ですよね。それが証拠です。先生、きっと、いっぱいになったポケットの中から無造作にいろいろなものを引っ張り出した。新しい煙草の箱を突っ込むスペースを空けようと、懐中時計も引っ張り出した」

「まさか」

「分かりますよ、ああいうのって無意識な動作ですよね。僕が無意識のうちにカバンのポケットに切符を突っ込むみたいに。だから、木戸のところに戻ってきた時は、本当に懐中時計をなくしたと思った。自分で離脱先に置いてきたのを忘れてたんですよ」

「全然分からなかった。あの時の先生がＲＲだなんて。誰と繋がってたんだ？　僕らのうちの誰かが？」

十時は愕然とした。

まさか、いちばんの高齢者である先生が、ＲＲなんていう最先端の技術を利用しているなどと、全く考えなかった。

しかし、今目の前にいる康久と喜良を見れば、ＲＲだと知っていても「一緒にいる」と感じるのだから、知らない人が見れば全く分からなかったろう。

「ひょっとして、さっきみたいに、トトさんかＢ先生かＣ先生が、誰かのために繋ぎっぱなしにしていたのかもしれない。Ａ先生はそのことに気付いていたので、一緒に散歩に出られた」

「そうかも」

「もしかすると、全部をＲＲで参加していたわけじゃないのかもしれない。その散歩の時だけで、他のは実際に参加していたのかも。だけど、Ａ先生には、ＲＲで散歩に参加していたことを言えない事情があったんじゃないでしょうか」

「事情とは？」

「さあ。それは分かりません。どこにいたのか知られたくなかったとか、あるいはＲＲを利用していること自体知られたくなかったのかもしれない」

その可能性は確かにある、と十時は思った。

「Ａ先生は、後になってから、自分が離脱した時に置いてきた時計を見つけて、自分の間違いに気付いた。ポケットを全部引っくり返した手前、実は持っていたとは言えない。おまけに、ありもしない盗難事件まで引き起こしてしまった。だけど、ＲＲを使っていたことは言いたくない。だから、三人と距離を置いてるんですよ」

「そうだったのか」

十時は唸《うな》る。

避けられていたのは、そういうわけだったのか。

じっと聞いていた康久が口を開いた。

「きっと、みんなを避けてるってことは、Ａ先生も気にしてるんだと思うよ。そのうち、折りをみて時計をなくしたと思ったのは勘違いだったと言ってくるんじゃないかな。たとえば、やっぱり煙草を一服する時に落として、カラスが持っていったとか」

「ああ、カラスなら実際にありそうですよね」

喜良も頷く。

「先生が言いにくいようだったら、トト君がさりげなく指摘してあげれば？」

十時はハッとして思考から覚め、慌てて手を振った。

「いえ、いいんです。真相さえ分かれば。分からないのが宙ぶらりんでいちばんつらい」

三人はそれぞれ、真相について考え込む。

「――この先、ＲＲがアリバイ作りに使われることになるんですかね？」

喜良が首をかしげる。

「どうだろう。逆に、目撃されても同時に他のところにいる可能性もあるわけだから、混乱の原因になるかもしれないねえ」

「推理小説を書く人もたいへんだなあ」

「複雑ですね」

康久は腕時計を見た。

「あ、トト君、僕、予定があるから離脱するよ」

「僕も戻ります。じゃあ、また」

「二人とも、ありがとうございました。じゃあ」

6

ほんの一瞬にして、十時は一人でのどかな道端に立っていた。

なんとまあ。そういうことだったとは。

十時は天を仰ぎ、自分が一人きりであることを確認するようにぐるりと周囲を見回した。

僕は、やっぱり今回も名探偵になれなかったな。

十時は、自分ががっかりしているのか、安堵《あんど》しているのか、よく分からなかった。

どちらかといえば、がっかりしているような気がする。二人を前に、自分で解決してみせたかったのに。

「やれやれ」

十時はそう口に出してみた。

その声は、夕暮れの風の中に溶けて流れていく。

彼は一人、近くのパブに向かって首を振りながら歩き出した。

7

A先生が、カラスが懐中時計をくわえていったらしい、見つけてくれた人がいて、戻ってきたよ、騒がせてすまなかったね、と十時のところにさりげなく伝えに来たのは、次の週が明けた時のことである。

それはよかったですね、そうかカラスですか、カラスは光るものが好きですものね。

十時がそう返し、心からの笑みを浮かべてみせたのは言うまでもない。

それからしばらく経ち、A先生が三十歳も年下の同業者との浮気が原因で長年連れそった妻と離婚したと聞いた時も、彼は改めて一人で首肯《しゅこう》したのであった。

あまりりす

（ボイスレコーダーの再生ボタンと共に、流れ出す音。紙のガサガサいう音、茶碗のぶつかりあうかちゃかちゃという音、咳払い、人の出入りする音）

「――えー、皆さま、本日はお忙しいところ、お時間を頂戴いたしまして、まことにありがとうございます（少し緊張している若い男性の声）。本日は、昨年八月十七日に逝去されました、K大学文学部歴史学科教授、長岡森太郎《もりたろう》先生を偲ぶ会ということで、若輩者ではありますが、亡くなる直前まで先生に大学院で指導していただいておりました、私、柴田達也が司会を務めさせていただきます（控えめな拍手）。あ、恐れ入ります――」

「――と申しましても、皆様ご存知のとおり、長岡先生はとても気さくで堅苦しいことのお嫌いな方でしたので、子供の頃からおつきあいのある、郷里の幼馴染の皆様には、ぜひざっくばらんに、先生の思い出話などお伺いしたく思っております。どうぞよろしくお願いいたします（拍手）。では、献杯の挨拶を、長岡先生の生家と斜向かいのご近所で、自他共に認める先生の竹馬の友、早峰肇《はじめ》様にお願いしたく」（中断）

「あー、ただいまご紹介にあずかりました、早峰でございます。いや、あれからもう一年経ったかと思うと、ほんと、信じらんねえ。おれと長岡くん、いや、モリとハジで通ってたんで、モリと呼ばせてもらいますが、ほんと、ガキの頃からのつきあいで。今はもういないっつうことが分からないんだわ。しかも、知ってのとおり、オマツリの最中の、アッというまの出来事でした。残念でなりません。まさか、よりによってモリが――きっと誰でも――いや、つくづく残念だ。今でもお向かいにいて、『よおハジ』、っつって入ってきそうな気がします――ほんと、かえすがえすも悔しいね」(中断)

「――森太郎くんといえば、思い出しますのは、彼の深い郷土愛です(別の年配の声)。歴史を生涯の道に選んだのも、自分の生まれた土地の、古い伝統に興味を持っていたからだと聞いております。このあたりは、独自の神話が残っておりまして――子供の頃にはよく(聞き取りにくい)。彼とは川でよく泳ぎましたし、もちろん山も登りました。彼は声がとても大きかったので(笑い)どこにいても分かると。なにしろ地声が――先生になっても、さぞや生徒さんはよく声が聞こえて、いや、うるさくて授業中に居眠りすることはないんでないかと(笑い)。名門K大学の教授になられたと聞いた時は、我々もたいへん誇らしくて、本人そっちのけで勝手にお祝いをしたものであります(笑い)。ここはご覧の通り、ひじょうに辺鄙な場所ですんで、大学に行ってからはなかなか帰省できなかったんですが、オマツリだけは絶対に参加すると意気込んでいた。それがまさかこんなことになるとは――んだが、参加しなければしないできっと森太郎くんはたいそう悔やんだでしょうから、やはり運命だったんではないかと、そう自分に言い聞かせております(しんみりする)」

（ブツッ、と音が切れ、また再生。少し時間が経った様子。お酒が入っているのか、かなり賑やかな笑い声）


「まあ、おひとつどうぞ。さっきもおっしゃってましたが、僕ら、先生の門下生もまだ先生がいなくなった気がしないんですよ。あの通り、神出鬼没な方でしたから、それこそあのトレードマークのリュックと帽子で、今にも現れそうで――」

「そう、こっちに帰ってくる時もおんなしだわ。がはがは笑ってな。百メートル先から分かるってよ、みんなで言ってたな。モリが戻ってると」

「おう、あんたもやれや。今日は、たいへんだったろ？　わざわざこっちまで出張ってきて、手配してくれてな」

「あ、すみません。いただきます――こちらこそ、ご自宅を使わせていただいてありがとうございました。なかなかちょうどいい場所がなくて、助かりました」

「いや、俺たちも、去年はあまりのことに大騒ぎで、なかなか自分たちからこういう機会は作れなかったんで、かえって助かった」

「オマツリの後片付けもあったしな。たいへんだったな。警察まで来てよ。とんでもないこったわ」

「あのう、先生は帰省中に事故に遭《あ》われたということしか聞いてないんですけど、どういう状況だったんでしょうか？　休み明け、いきなり亡くなられたとしか。もう、葬儀も済ませたというお話で――正直、寝耳に水というか、本当に実感がなくてですね――」

（沈黙）

「ああ、うん。あれぁ不幸な事故だった。な？」

「んだにゃ。まさか、モリがなあ。だけど、仕方ねえな、俺たちもなんせ三十七年ぶりだからな。田崎の親父がおっちんじまったんで、嫌な予感はしてたんだ」

「うちの本家のばあさまが寝付いてたのもまずかったな。本人は絶対出るって頑張ってたんだが、やっぱあのリュウマチではなあ。先頭は、やっぱ大事だな」

「あのう――先生から、先生の郷里にはとても珍しいお祭りがあると聞いていたんですが、それが昨年だったんですね？」

（沈黙）

「まあな。うん。例年は一日だけなんだが、去年は大祭で」

「ひょっとして、先生はそれに参加されていて、その時に事故に遭われたんですか？」

「うん。残念だ」

「ほんとになあ」

「危険なお祭りなんですか？」

「たいしたことないよ」（中断）

（ここで、何度も音が切れる。何度もスイッチが入り直す様子）

「いやー、珍しいっつってもなあ。(渋々《しぶしぶ》と)ただ、あいだが長いだけさ。三十七年ごとにやるってだけで、オマツリ自体は別にたいしたことねえよな?」

「ない、ない。ご神体をお旅所に運ぶだけだ」

「えらい地味だよ。鳴り物もないし」

「ただ、夜中だし、山道だし、ちょっとな」

「俺なんか、足元もつれて、ショックだった。ガキん時はいっくら走り回っても平気だったのに。俺も歳食ったもんだ(嘆く)」

「ああ、なるほど(納得した様子で)。ひょっとして修験道に由来するものですか? 密教系の行事だとか?」

「いやいやいや、ほんとにそんな、大層なもんじゃないのよ。ただ一列になって、五日間続けて、夜のあいだ山の峰に沿ってえんえんお旅所行ったり来たりするだけなのさ」

「ま、目ぇ開けちゃなんねえつうのがちょっと面倒臭いけどな」

「え? (驚く)」

「(慌てたように)いや、その、どうせ真っ暗だから、おんなしだよ」

「ただの田舎の行事さ」

「目を閉じたまま山に登るんですか? めちゃめちゃたいへんじゃないですか」

「そんなことない(きっぱり)。地元の連中は慣れてるから。それに、道に注連縄《しめなわ》張ってあるし、それを伝っていけば大丈夫だ」

「目隠ししてれば、OKだ。そっと下向けば、こっそり見えるしな(がはは、という些か酔った笑い声)」

「そうそう、こーして、薄目開けて、足元見たら、見える」

「でも、目隠ししてるってことでいいんだ」

「そうなんですか?」

「そうってことよ。ま、いいじゃねえか、うちらのオマツリのことなんか。どうせまたしばらく回ってこない。次の時には、俺らみんな死んでるわな」

「はあ。でも、たいへんですね。三十七年ごとだと、一生で二回できるかできないかですね——次にやる時に、迷ったりしないんでしょうか?」

「迷うよ。な?」

「迷う、迷う。ほんとは栗山神社でしっかりやんなきゃならないんだが、あそこは息子が大阪に行っちまったからなあ」

「逃げた嫁さん追っかけてな」

「そもそも、元キャバ嬢だったんだろうが。こんな田舎で神官の嫁なんか務まるもんかよ」

「俺、わりに好みだったのになあ」

「たわけ。何歳違うんだ」

「なんでも、映画に出てたらしいぞ」

「その噂、俺も聞いたな——スカイツリーん中ですっぽんぽんになってたっとか。いったいどうやって撮ったんだろうってな。ああ、そうだ、前ん時の、ビデオは撮ってあっけど、やっぱ、なかなか再現すんのは難しいよな。人間、忘れるし。マニュアルだけでも、ダメだな」

「行事のほうはなんとかなっけど——あまりりすがなあ」

「おい（叱責）」（中断）

（再生。またしばらく経ったらしく、みんなの声はかなり酔っ払っている。いよいよ賑やかで、声を張り上げないと聞こえないようである）

「しっかし、モリはひどかったなあ（ボソボソと）」

「えーっ、何が？　何がひどかったんですか？」

「しばらくメシ喰えなかったな」

「どうして？」

「俺、切り干し大根がダメんなった」

「よせよ」

「なんか、思い出しちまってよ。切り干し大根と、にんじんと、油揚げ煮たやつあっだろ？　あれ見ると、モリのこと思い出しちまってよー」

「どういうことですか？」

「よせってば」

「ほとんどズタズタにされちまってたじゃねえか」

「モリのやつ、思いっきり叫んじまったからなあ」

「肉と皮がさー、似てんだよ、スジ煮込みみたいでよー、切り干し大根煮たのに」

「あいつ、地声がでかかったからな。響き渡っちまって」

「あれ、おまえのせいじゃねえか。モリが声出しちまったから、あまりりすが」

「俺のせいじゃねえって。ああ、しばらく忘れてたのに、命日が近付いてきたらまた、夢に出てくる」

「だから、黙ってろって」(中断)

「俺、今だから言うけどよ、あんまし本気にしてなかったんだ。まさかな。親父とか叔父貴からは聞いてたけどよ。まさか、今どき、そんなことはあんめえと思ってさ」

「おめえはなんの話してんだよ」

「分かってっだろうよ、あまりりすだよ」

「その名を口に出すなよ、おい」

「たぶん、モリもよ、迷信だと思ってたんじゃねえか?」

「いや、そんなことはねえ。あいつは先生だったんだ」

「そうだよ、あいつは先生だった。だから、余計にさ。歴史は論理の目で照らす、とかなんとか言って。いろいろ調べてたじゃないか。前の件もあったっつうによ」

「あいつの口癖だったな。そのうんたらかんたら」

「んだな。そりゃあ、俺だって——なんせ、三十七年ぶりだもんな」

「そうだよ。怖い、怖いとは聞いてても、ガキん時に聞いた話じゃ、もうあんまり効き目ないよな。こんないい歳になってから、子供ん時に怖がってたもんを怖がれと言われても、無理ってところがあるだろう」

「あれは本当だったんだな。あん時聞いた話は、誇張じゃなかったってこった」

「そうだな――次ん時は、なんとかしねえとな」

「次があれば、だがよ」

「おっかねえこと言うなよ。次やんなかったら、今度はどんなことになるか」

「だけど、俺らの孫とか、どんなに怖い怖いって言ったって、あいつら、ゲームと同等に考えるぜ。まさか現実に、てめえが切り干し大根にされるなんて、これっぽっちも想像できやしねえんだ」

「だな。あんな胸糞悪いゲームだの漫画だので、血みどろでぽんぽん人殺してるくせに、虫はつかめないわ、注射は嫌がるわで」

「俺も注射は嫌だ」

「男は血が苦手なんだよ」（中断）

「すみません、ひとつ質問してもいいですかー？（かなり酔っている）」

「なんだよ、兄ちゃん」

「誰だっけ、そいつ。本家のとこの息子か？　栗山神社の跡取り？　オマツリほっぽって大阪に逃げた――あいつんところこそ、あまりりすに行ってもらいてえなあ（こちらも酔っている）」

「こいつ、モリの教え子だ。今日の司会やってた」

「あの、さっきから言ってる、あまりりすってなんですか？」

「え？」

「あまりりすってー、なんですかー？　お花ですかー？」

「馬鹿かよ、おめえ、花なわけないだろうよ。あまりりすはあまりりすだよ」

「そうですよね、さっきから聞いてると、とても花には思えない。僕は花のほうしか知らないんですが」

「そりゃ、知んねえだろうな。この辺りじゃあまりりすといったらあまりりすだからな」

「先生からも聞いたことありません」

「あたりめえだ。口に出すようなことじゃない。特に、よそではな」（中断）

「いや、俺もな、年寄りの話聞いた時は嘘だと思ったからな。あんなおっかねえもんだとは知らなかった。おめえだってそうだろ？」

「うん。子供脅すためのでっちあげだと思ってた」

「だって、なますになってたって言うんだもの。なますだぜ。そんなん、でっちあげに決まってる。そんなこと、できるわけがねえ」

「あん時も、モリみたいに熱心だったらしいな。どこの先生だ？」

「いや、あれは先生じゃなかったみたいだぞ――そうだ、ほれ、役人だよ。どこだっけ、文部省じゃなくて、通産省じゃなくて」

「そうか、先生じゃなかったか。一人じゃなかったんだよな？」

「らしいな。何人いたかわかんないくらいだったって。みんな混じっちまって」

「頭の数を数えて確かめたってな」

「そうだよ。何人も混ざっちゃって、ほんと、正月に食べるなますそっくりだったってよ」

「勘弁してくれ――今度は正月に思い出しちまうよ」（中断）

「だから、なんですか、あまりりすって。教えてくださいよ」

「シッ。あんまりでっかい声で叫ぶんじゃない。あまりりすはな、自分の名前が呼ばれてるとすぐに気付くんだぞ」

「だからー、なんですか、あまりりすってー」

「黙れ。声がでかい（慌てる）」

「聞いてるぞ。あのな、今日はな、例祭なのな。一日だけの」

「俺たち、さっきお参りしてきたところだ。去年、たいへんだったからな、念入りに謝って、お供えしてよ」

「去年って、先生が亡くなったことですか？」

「あいつは、しゃべっちまったんだよ――ずっと目隠しして、声出しちゃなんねえってくどくど言われてたんだけど。本家のばあさまが」

「仕方ねえ、転んだんだ」

「おめえ、あまりりすが来るぞ（真剣に）」（中断）

「怖いぞ、あまりりすは（低い声で）」

「歯がすっごい鋭い。おめえなんか、たちまち切り干し大根にされっぞ」

「動きも素早いんだ。目にも留まらないくらい。暗いところに隠れてて、サッと飛び出してきて、アッという間に襲われる」

「ほんと、見えなかったぜ。あんなに速いとはな」

「モリも、声を出したらやられた」

「おまえがごそごそしてて、躓いたんじゃねえか」

「靴が根っこにひっかかったんだ。仕方ねえ。そこに、後ろから来たモリがぶつかったんだ。あれは、モリが声を出したからだ。俺のせいじゃねえ。声さえ出さなきゃ、やられなかったのに」

「転んだ時って、どうしても声出すだろうよ。あまりりすは人間の声に敏感なんだ。自分が呼ばれると、遠くにいても分かるっていうぞ」

「あいつは地声がでかいからな。百メートル先からでも分かる」

「ええええ？　なんなんですか、それって（混乱）」


（かなり賑やか。相当に宴たけなわである）


「――歴史は論理の目で照らす。先生の口癖でした。照らしましょう。あまりりす。植物じゃないあまりりす」

「おい、そいつは誰だ？　本家のやつか？　まさか、栗山神社の跡取りじゃないだろうな？　あはは、知ってるか？　キャバ嬢追っかけて大阪に逃げた。スカイツリーですっぽんぽんの女だぞ」

「論理の目で照らす。先生がよく――」

「寝ちまったよ。今日の司会だよ。えらい飲んじまったなあ。ぼちぼちお開きにしたほうがええんでないか」

「大阪か」

「――なあ、さっきから、やけに薄暗いなあ。まだ日が暮れんには早いのにな」

「昼酒はきくなあ」

「――なんかおかしかないか？」

（その時、背後で奇妙な音がする。ざわざわというような、きしきしというような、蜂の羽音のような、何かがこすれあうような、耳障りな音）

「なんだ、この音」

「外か」

「雨降ってんのか？」

「夕立か」

（ざわざわと、人が動き出す気配。が、それにかぶさるように、何かがこすれあうような、地響きに似た音が大きくなる）

「うわっ、見ろよ外を」

「あまりりすが」

「あんなにいっぱい」

「信じらんねえ」

（悲鳴。地響きのような凄まじい音。何かの咆哮《ほうこう》にも聞こえる。空間をぎっしり、何かが埋めているような気配。怒号、破裂音、雑音）


音は、そこでブツリと途切れた。

辺りは静寂に包まれ、やがて一呼吸おいて、けたたましい蟬の声が響き始める。


「――なんだ、これ？」

男は当惑した顔で、一緒に聞いていた隣の女を見た。

「分からない」

女も、男に負けず劣らず困惑した目で彼を見返す。

若いカップルが、そのボイスレコーダーを拾ったのは、ツーリングに来た奥深い山の中の、立派な鉄の橋の上だった。

ぽつんと真ん中に転がっていたのを拾い上げ、なんとなく再生ボタンを押してみたのだ。

「もう一度聞いてみる？」

「うん」

しかし、どういうわけか、そのあとどう操作しても、もう一度聞くことはできなかった。

「どうする、これ」

「捨てちゃえば？　なんだか気味悪いし、持ってくのも嫌だし」

「だな」

男は、橋を抜けたところの草むらに、ボイスレコーダーを投げ捨てた。たちまち、夏草に紛れて見えなくなる。

二人はスピードを上げ、青空にむくむくと入道雲の上がっている坂道に消えていった。

ボイスレコーダーを投げ捨てた草むらには、隠れるようにして木の案内板があった。誰も管理していないのか、既に朽ち果て、文字が見えなくなっている。

それでも、かろうじて読み取れたのは、「栗山神社まであと五キロ」という文字だった。

コボレヒ

ずいぶん前のことだが、仕事仲間とハイキングに行ったことがある。気持ちのいい初夏の一日で、天候にも恵まれ、森林浴を満喫した。

ふと、仲間の一人（Aとする）の歩き方がおかしいことに気が付いた。森の中を歩く時、どういうわけか、木漏れ日を避けて日陰ばかり選んで歩くのである。「紫外線が気になるの？」とからかったところ、Aは苦笑した。実は、子供の頃から木漏れ日を避けて歩く癖がついている、というのである。

Aの郷里は日本海側の豪雪地帯で、田んぼのあいだに屋敷林の点在する典型的な田園地帯。集落の外れにひときわ大きな鎮守の森があって、大人たちにあそこで遊んではいけない、特に、晴れた日に森の中に射《さ》し込《こ》む「コボレヒ」に当たってはいけないときつく言われていた。

コボレヒ？　コモレビじゃないの？　誰かが聞きとがめると、Aは首を振った。

Aの実家の辺りでは、「コモレビ」のことを「コボレヒ」と呼ぶという。とにかく、「コボレヒ」に当たると「フレル」ので、絶対に鎮守の森の「コボレヒ」に近付いてはいけないと言い聞かされていた。

ある日、彼は友人とこっそり鎮守の森に入って遊んでいた。むろん、決まりは覚えていたが、その日の朝の天気予報では一日曇りだから大丈夫だろうと思っていたのだ。ところが、予報は外れた。遊んでいるうちにどんどん雲が切れて空が明るくなり、森の中に複数の木漏れ日がぱあっと射し込んできた。神々しい眺めに、Aは一瞬見とれた。

その時、友人が、手にしていたボールを落としてしまった。ボールはころころと木漏れ日の中に転がっていく。友人は、ひょいと何の気なしにその陽射しの中に身を乗り出し、ボールの上にかがみこんだ。

次の瞬間、Aは奇妙なものを目にした。

友人の後頭部に当たった木漏れ日が、突き抜けていた。
頭に当たった光が、友人の口から出て一筋の光の線を描き、彼の足元のボールを照らし出したのである。Aは、一瞬その意味が分からなかった。それが有り得ない光景であると気付いたのは、しばらくしてからだったという。

その日の晩から、友人は高熱を出し、数日後に回復したものの、その後数ヶ月に亘《わた》ってぼんやりした状態が続いた。「コボレヒ」に「フレタ」からだ、と噂された。

それ以来、彼は木漏れ日が恐ろしくなり、避けるようになったのだそうだ。

「コボレヒ」にどういう漢字を当てるのか、と聞いてみたが、「零れ氷《ヒ》」あるいは「零れ霊《ヒ》」らしいのだが、詳しいことは分からないという返事だった。

悪い春

「確かにさ、振り返った時に、あれがそうだった、あそこが潮目だったたってはっきり分かる年ってあるよね」

砂肝のアヒージョのオリーブオイルが熱かったらしく、B子はそう言いながら顔をしかめた。

「あちち」と唇をすぼめる。

「それが一九九五年だったたってこと？」

「うん。あれは、いろいろな意味で象徴的な年だった」

「だったら二〇一一年は？　あ、同じのをください」

筆者は二杯目のビールをカウンター内の女主人に頼んだ。

「うーん。もちろん、二〇一一年もそうなんだけど」

B子は唸り声を上げた。

「でも、一九九五年とは性質が違うと思うな」

「性質ねえ」

筆者は首をひねりつつ、オリーブを口に放り込む。

「私だったら、二〇〇八年ですけどねー」

女主人はタップを開けながら呟いた。

「どうして二〇〇八年？」

吉屋が尋ねる。

隣で静かにビールを飲んでいた彼は、ひょいと筆者の前のピクルスをつまんだ。

女主人は肩をすくめた。

「リーマンショックですよ。うちの店には、外国からのお客さんが多かったもんで、もろに影響受けました。あの日を境に、常連さんがホントに根こそぎ、いなくなっちゃって」

リーマンショック。反射的に、サブプライムローンという単語が頭に浮かぶ。倫理も道徳の欠片《かけら》もない、めちゃくちゃな話だったという印象も。

確か、あれは九月のことではなかったか。

「このへん、外資系企業ばっかりだもんね」

「吉屋さんは、あの頃まだうちの店にいらしてませんでしたっけ？」

「うん、僕は二〇一〇年代に入ってからだね」

「あのう、吉屋さんて、なんのお仕事なさってるんですか？」

初対面のB子が、ズバリ尋ねたので、女主人と筆者は思わず顔を見合わせた。

実は、二人してずっと吉屋の職業を知りたいと思っていたのだが、これまで聞き出せずにいたのである。なるほど、初対面の人間のほうが聞きやすいかもしれない。それとも、単にB子の性格のせいかもしれないが。

夜も更けていて、店は酔客が思い思いにくつろいでいた。

今夜は、筆者が書いた戯曲『エピタフ東京』の再演に二人を招待したので、二人を互いに紹介し、そのまま一緒に、吉屋と知り合った馴染みのこの店にやってきたのである。

「え？　僕ですか？」

吉屋はきょとんとした顔でB子を見た。

「はい。お噂はかねがね聞いていたんですが、何のお仕事かは知らないって言ってたんで」

B子は大きく頷きつつ、まだ唇を気にしていた。どうやら、オリーブオイルで火傷《やけど》したようである。

「大丈夫？」

筆者が聞くと、B子は顔をしかめた。

「こういう、小さな火傷って結構痛いんだよねー。あとで水ぶくれになってみっともない」

B子は顔を上げた。

「で、どんなお仕事を？」

正面から聞かれて、吉屋は躊躇した。というか、初めてそんなことを聞かれた、というような奇妙な表情で、どことなくもじもじしている。

「ええと、吸血鬼」

「は？」

みんなが同時に聞き返す。

「だから、吸血鬼ですよ」

吉屋は恥じらいつつ答える。

筆者は突っ込みを入れた。

「そりゃ、その話は何度も聞いてますよ。あなたの前の世代のこととか、人間の情報やエネルギーを取り込んでるとかっていう話は。だけど、現世では何か仕事しないと暮らしていけないでしょうが」

吉屋は煮え切らない表情だ。

「うーん。じゃあ、アナリスト」

「なに、その『じゃあ』っていうのは」

「情報アナリスト。市場分析とか、してます」

吉屋は渋々といった口調でそう答えた。

筆者とB子は今ひとつ納得できなかったが、吉屋が消極的なのでそれ以上は聞かなかった。

B子が話題を戻す。

「一九九五年って、ボランティア元年とも言われてるんだよね。阪神・淡路大震災があって、日本人がボランティア活動に抵抗がなくなったっていう」

「じゃあ、それを言うなら」

筆者はビールを口に運ぶ。

「二〇一五年もボランティア元年じゃない。二十年遅れて」

「まあね」

B子が頷く。

ボランティア。その意味する活動は素晴らしいと思うが、なぜかどうしても好きになれない言葉だ。

「――それにしても、まさか、自分が生きてるうちに徴兵制が復活するとは思わなかったなあ」

B子は眼鏡をいじる。

「徴兵制っていうと、当時の首相が怒るよ」

「あの人、やたら怒ってたよねえ。徴兵制じゃありません、平和サポートボランティア制ですって」

「ったく、なんでも『平和』と付けりゃ許されると思ってさー」

「三十歳までに国防と世界平和について学ぶことが望ましい、なんちゃって、どこがボランティアなんだよ。強制じゃん」

「学生のうちに体験入隊しとくと就職に有利だって噂が広がってて、行っとかなきゃって空気が広がってるらしいですよ」

女主人が言った。

「しかも、三ヶ月より六ヶ月のほうが企業に好印象なんだそうです。だから、今の子はみんな六ヶ月を選ぶって」

「へえー。学業はどうすんのかな」

「大学も体験入隊には考慮するらしいですよ。今は親のほうも、規則正しい生活と礼儀が身に付くから、うちの子も早く行かないかって言ってたりするそうです」

筆者とB子はあきれた。

「そんなあ」

「意味分かって言ってんのかな」

「実質、義務化してるってことね」

「しかも、こういうのはしっかり男女平等なわけだ。政治でも経済でも、他んところは女性の参画に鈍感だったくせに、平和サポートボランティアはやたらと先進的だね」

一瞬、黙り込む。

「なんか、やな噂聞いたなあ」

B子が渋い顔をした。

「体験入隊はともかく、平和サポートボランティアに志願できる年齢、五十歳までになってるじゃん？」

「うん。ありがたいことに、もう志願できないな」

「あたしもだ。で、今いちばん志願してるのって、高齢ニートがパラサイトしてる家庭の、親だって。親が、子供の名前を書いて志願してるんだってさ」

「どうして？」

「あれ、いろいろ特典があるじゃん？　奨学金が出るとか、税金が控除されるとか」

「うん。アメリカっぽいよねえ。米軍の志願者って、ほとんどが貧困層で、大学に行けるから志願するんでしょ」

「でね、あんまり知られてないけど、平和サポートボランティアに志願して、海外で二年勤務すると、年金受給資格を与えるっていうのがあんのよ」

「えー、知らなかった」

「宣伝してないんだよね。だけど、それが口コミで子供たちのパラサイトに悩む親たちのあいだに広がってるわけ。で、自分の子供に年金をって思って、代わりに書類書いて志願してるらしいんだわ。だから、意外に倍率高いの」

「へえー。だけど、そんなひきこもりで働いたこともない子供が、出ていけるのかなあ」

「出ていけないよ。何度も志願して、せっかく合格しても、本人が志願したわけじゃないし、出ていってくれない。そうしたら、そういう人間を移送してくれる業者っていうのが出現したわけ」

「ええっ？　それって、どういうこと？　誰かが引き取りにくるの？」

「いや、国は関与してないの。そういうニーズを感じ取った誰かが、商売になると思ったんだね、きっと。どこから情報を得てるのか、合格すると、その業者から手紙が来るらしい。お手伝いしますっていう。で、親から結構な額のお金を受け取って、家からほぼ強制的に連れ出す。すごい屈強な人たちが来るらしいよ」

「ふうん。それ、絶対、国が情報流してるよね」

「互いに知らん振りしてるけどね」

「それで、行くわけ？　平和サポートボランティアに」

筆者は思わず「ボランティア」の言葉に力を込めた。

周知の通り、「ボランティア」は「自発的に」という意味がある。

「行くらしいよー。海外に。しかも地雷除去とかさせられてるらしいの」

「そんなー。地雷除去なんて、相当な技術がないと難しいんじゃないの？」

「さあね。とにかく、危険なところに行かされるんだって」

「凄い話だなあ」

「で、大体死亡しちゃうんだって。事故で」

「事故なの？」

「ってことになってる。でさ、こっから先が噂なんだけど、政府は働いてなくて税金も払わない奴を間引くために、わざわざ応募年齢を五十歳まで上げて、年金受給資格を与えるってワナを仕掛けてるんじゃないかと」

「ふうん。働かない奴は、国民じゃないと。海外に連れ出して殺してると」

「そう」

「保険とか下りるのかな」

「だけど、なにしろボランティアだからね」

B子も「ボランティア」に力を込める。

「志願して行ったんだから、すべて自己責任という念書を書かされるらしい。だから、補償金とかは一切出ないんだって」

「うーん。恐るべし、平和サポートボランティア」

「僕、その件で別の噂を聞きましたよ」

吉屋が例によって、かすかに呂律の怪しい口調で口を挟んだ。

「別の噂って？」

B子が吉屋を見る。

「確かに、年金受給資格を得るために、高齢でひきこもりの子供を抱えた親たちが彼らの代わりに志願書を出してるっていうところまでは同じですが、僕が聞いたのは、もうちょっと明るい話で」

「明るい話？」

「はい。最初は強制的に連れていかれて自殺まで考えたんだけど、海外で勤務しているうちに人生の可能性を発見して、自主的に働くようになったと。そして、無事帰国して、きちんと外に出て働くようになったという話です」

「ははあ、確かにそう聞くといい話になってるわね」

「どっちの噂が正しいんだろ」

「どっちも正しいのかもしれないし、どっちもガセなのかもしれないね」

「きっと、死者が出たというのは事実なんだろうね。それで、ああいう噂が出たんじゃないのかな」

筆者とB子が顔を見合わせていると、吉屋が人差し指を立てた。

「唯一確かなのは、平和サポートボランティアが、そういう親たちの希望になってるってことですね」

「希望——ねえ」

そんなのが希望になっていいのだろうか。何かが根本的に間違っている気がするのだが。

「——ボランティア」

吉屋が呟いた。

「ある意味、あの首相は本来の意味でこの言葉を使ってたんだなあ」

「本来の意味って？」

B子が尋ねる。

「ボランティアって、人がやりたがらないことをあえてやる人って意味ですけど、元々は志願兵って意味なんですよね。二十世紀前半に、スペイン内戦ってあったでしょ？　あの時、ヘミングウェイをはじめ世界中から市民側を応援しに兵士が集まったわけですけど、あの時やってきた兵士をボランティアって呼んだんだそうです。だから、志願兵」

「へえー、そうだったんだ」

「だけど、あの首相はそんなこと知らなかったと思うよ。そんなつもりでは使ってなかっただろうけど、図らずも本音を漏らしていたってことね」

「皮肉だなあ」

B子が煙草に火を点けた。

いつもの半眼になって、ゆったりと煙草を吸う。

筆者と吉屋は、その煙の行方を見守った。二人は煙草を吸わない。けれど、喫煙者をどこかで少し羨《うらや》ましく思っている。

B子は、ふと思い出したように口を開いた。

「そういえば、今日は壮行会だったよね？　武道館」

「はい。実は、うちの姪《めい》が行ってて」

女主人がさりげなく頷いた。

思わず皆が彼女に注目する。

「え？　そうなの？」

「志願したの？」

彼女は淡々とビールを注いでいる。

「はい。任期二年で、中東に行くそうです」

筆者たちは、絶句してしまった。

身近なところで、志願している人を関係者に持つ人に会うのは初めてだったのだ。

武道館でのコンサートと一緒に壮行会をやるのは、すっかり春の恒例行事になってしまっていた。

「今年はウメクロだっけ？」

「はい。姪は大ファンだったので、喜んでましたよ」

ミュージシャンのあいだでも、壮行会コンサートに呼ばれるのは名誉なこととされているらしい。必ず「世界平和のために貢献する皆さんを誇りに思います」という挨拶をするんだそうな。

「ウメクロ、平和サポートボランティアのＣＭソングも歌ってたもんなあ」

「世界の平和を応援しよう！　ってやつね」

脳裏に、アップテンポでノリノリの曲が蘇る。

笑顔を振りまき、志願兵を集めるＣＭソング。

筆者は無意識のうちに、何度も首を振っていた。

分からない——何かが矛盾している。何かが間違っている。

それとも、そう思う筆者が間違っているのだろうか。

「――春なんですねえ」

吉屋がぼそりと呟き、ガラス張りになった店の外に目をやった。

筆者とＢ子もつられて外を見る。

しかし、外は真っ暗だった。吉屋が何をもって春だと感じたのかは謎だ。

道を行く人影もなく、そこには振り向いている我々の姿だけがぼんやりと映っている。

春なのか？

筆者は、暗く映る我々の姿に問いかけてみた。

しかし、どこまでも広がる闇の奥に春の気配を感じることはできなかった。

皇居前広場の回転

彼はそこに立っていた。

たった一人で、見事に手入れされたクロマツの木々の間の芝生の上に。

そして、両腕を水平に構え、ぐっと力をためてから――跳んだ。

宙で一回転して、着地。ちょっとぐらついたが、なんとか踏みとどまった。


穏《おだ》やかに晴れた午後。

梅雨入り前――しかし、近々入梅するであろうことを予感させる、ちょっと蒸している東京都心である。

日没は遅い。もう六時になろうとしているのに、気配は白昼のままだ。

そんな時間に、私は車の中にいた。夜の会食の約束のために、移動していたのだった。

カラッポだった。そう感じた。カラッポの人間が、車の後部座席に乗っている。ビニールの皮だけの人形がここに座っている。そんな気がした。

いろいろなものに倦《う》んでいた。長年休まずがむしゃらに突っ走ってきたものの、いよいよ本業に付随する雑事ばかりが増え、そのくせ一向に本業は熟達しない。

なにより、気持ちが萎《な》えていた。真っ黒なスケジュール帳を眺めながら、これから起きるであろうことに、既に疲れていた。今夜の大人数の会食にも、行ってしまえばそれなりに楽しいことも承知しつつ、それでも先回りして疲れていたのだ。

彼はそこに立っていた。

どこをどう通って、なぜそこに辿り着いたのか。それがどういう衝動だったのかは、今となっては思い出せない。

ただ、ゆっくりと暮れていく、足元から上がる青臭い草いきれの中に身を置いていたかった。この場所に立っていることを意識したかった。とにかく、ここにいたかった、ここに立っていたかった。そう強く念じている、その自覚のみが彼を満たしていた。

興奮していたのか——それとも、混乱していたといったほうが正しいのだろうか。

彼はおのれの舞い上がった気持ちを宥《なだ》めようと、目を閉じる。

閉じても、世界は明るい。薄いまぶたの向こうに、圧倒的に明るい世界がある。視覚情報を遮断したとたんに、どっと他の情報が押し寄せてきて、本能的な畏《おそ》れが思わず彼を一歩後退《あとず》さらせた。

遠くの話し声、車のクラクション、鳥のさえずり、風と松籟《しょうらい》（という呼び名を彼は知らなかったが）、初夏の匂い、草の気配。

目の前の開けた空間の向こうに、ひんやりとした静謐《せいひつ》な場所があることがなんとなく伝わってくる。

彼はちょっと不安になる。自分が世界の中にむきだしになって晒されている、この上なく無防備な存在に感じる。

そして、彼の内側は混沌としている。きらきらしたいろいろな色彩の物質が、ぷちぷち弾けたり、ぶつかったり、うねったりしている。

同時に、奇妙な満足も感じている。自分は若いということ、これからまだまだ拓かれるべき時間と空間があるのだという期待にときめいている。

頬が、鼻が、唇が温かいのは、陽射しを受けているからだけではないと気付いている。内なる興奮が、期待が、顔を上気させているのだと知っているのである。


車の中で、窓の内側に貼られたシールを見ている。

マイナスイオンがどうのこうのと書いてあるのは、どうやら車の中に空気清浄機がセットされていることをアピールしているらしい。

そういえば、先日はドライヤーが買えなかった。

久しぶりにドライヤーを買おうと思って家電量販店に行ったはいいが、あまりにもたくさんの種類があり、聞いたことのないカタカナ用語が満載された機能説明が理解できず、結局何も買わずに恐れをなして逃げ帰ってきたのだった。

行動経済学によると、あまりにも選択肢が多いと消費者は購買意欲をなくすそうだが、本当のようだ。

車の中に、空気清浄機を通った、きらきらした空気が充満しているさまを想像する。

きれいな空気。

窓の外に目をやる。

東京都心の空はきれいだ。子供の頃に記憶している景色はなぜかざらざらしているけれど、あれは記憶のフィルターがなせる業のみならず、実際に空気が濁っていたような気がしてならない。

当時、クラスに一人かふたりは喘息《ぜんそく》の子がいた。顔色が悪くて、ちょっと猫背で、どことなく怯《おび》えた表情をしていた。

喘息というのが理解できなくて、どういうものなのか話を聞いたことがある。

もちろん喘息そのものも苦しいのだが、何よりもイヤなのは、喉の奥がひゅーひゅーいい始めて、これから喘息の発作が来ると予感する時なのだそうだ。自分が発作を起こしそうになった時の、母親の不安そうな顔も恐怖だった、と言っていたっけ。

一点の曇りもなく磨かれた車窓の向こうに広がる景色は、今やデジタル画像並みにクリアである。

ビルの谷間をジョギングする人が、後ろに流れていく。

都内では、いつどこに行っても、必ずジョギングしている人がいる。

マラソンの映像を見るたびに、あんなに大勢の人が密集して走っているのに、よく酸素がなくならないなあと不思議に思う。みんなが一斉に呼吸したら、そこのエリアだけ酸素が減ってしまわないのだろうか。ライブハウスなんかで酸欠になったという話は聞くけれど、戸外ではそんなことはないのか。どうして酸素濃度はいつも一定なんだろう。そう考えると、こうして世界中で誰もが当たり前に呼吸しているのが、いよいよ不思議になってくる。

彼は活発な子供ではなかった。

むしろ、いつもぽつんと一人で隅っこにうずくまっていて、世界になんの関心もなさそうに見えた。周囲の大人たちは、そんな彼を心配していたらしい。

あとからその話を聞いた時、彼は意外に思った。

本当に？

自分では、この世界にいること自体が面白くてたまらず、ただそこに座っているだけで、何か冒険しているようにいつもうきうきしていたというのに。

それに、決して世界に関心がなかったわけではない。

彼は、「動き」に惹かれていた。

世の子供たち、あるいは大人たちのいう「動くもの」──生き物や動物、車や電車といった乗り物のことではない。

彼が惹かれたのは──木の葉が枝を離れ、左右に揺れるように不思議な線を描いて落ちていく「動き」。

アスファルトの上の水滴が極彩色に光りつつ、徐々に低い位置に重力で落ちていく「動き」。

あるいは、蜘蛛の巣の幾何学模様が見せる、視覚的なリズムとしての「動き」。

そういう、一見「動いている」とは思えぬ変化を「動き」としてとらえ、そこに限りない興味をそそられていたのだ。

それらをじっくり観察する幼児期を過ごしたあと、ようやく彼は本来、周りの人々のいう「動くもの」に興味を示すようになった。

この頃から、周りは彼を「急に好奇心旺盛になった」と言い出したような気がする。

しかし、ここでもまた、彼の興味の対象は、他人とはやや異なっていた。

例えば彼は、近所にある、親戚の営む工務店で作業を眺めるのを好んだ。

てきぱきと動く人々。足場を組み、足場を伝い、作業する人々。腰に提げた工具を腹で支え、バランスを取り、みるみるうちに整然とした規格品を造り上げる人々。そういった人々の目の動きを、表情を、腕の筋肉の動きを、翻る地下足袋の足の裏を、彼は飽かずに何時間も眺めていた。

何が面白いの、と誰かが彼に聞いた。

楽しい。

彼の返事はそれだけだった。

実際、彼は恍惚《こうこつ》とした表情で、他の子たちがゲームのモニターに見入っているあいだもうっとりと作業を眺めている。やがて、「安上がりな子」「少し変わった子」の一言で片付けられるようになっていった。

「楽しい」は、犬や猫の動きを見ている時も同じらしかったし、スポーツに対しても同じだった。かといって、彼は自分でも身体を「動かす」わけではなかった。とにかく、見て、眺めて、恍惚としている。

そんな彼の姿を周囲の大人はよく覚えている。

吸い込まなければ吐けない。

その単純な事実を、思い知らされていた。

物書きという商売は、圧倒的にアウトプットを余儀なくされる商売である以上、吐き出すためには多くのものを常に吸い込み続けなければならない。

生業として、普段から選り好みせずになんでも吸い込む習慣はあるものの、時折もう何も吸い込めないのと同時に何も吐き出せない、という時期がある。

今がまさにそうだった。

呼吸していない、のだ。

何も通さない。動かない。

今目の前にある車の窓ガラスと同じく、ぴしゃりと遮断されている。外の空気は入ってこないし、内側からも出ていかない。

自分のことを後部座席に置いたビニールの人形、と感じたのはまさにこういう状態だったからだろう。

困ったもんだ、と他人ごとのように考えた。

これまでとは違い、この状態からこの先、抜け出せる気が全くしないのである。

呼吸どころか、気持ちすらピクリとも動かない。何を見ても、聞いても、自分のコアな部分が反応しないことを私は冷静に観察していた。

なるほど、これが無感動になるということなのか。

そんなことを考えた。

車はビル街を抜けて、東京の中心にさしかかろうとしていた。

空がぽっかりと開けて、不思議な浮遊感が漂う。

この場所に近付くといつもそうだ。

皇居の周りには、その場所の持つ歴史の負荷みたいなものとは裏腹に、いっぽうで、奇妙な軽さや解放感みたいなものがある。

私は全身の力を抜いて、その軽さに乗っかろうと試みる。何も「動かない」自分の中身を、皇居の青空に浮かべようとしてみる。


何がきっかけだったのかは分からない。

たぶん、後から思うに——彼は、自分が身体を動かせる、ということにそれまで気付いていなかったのではないだろうか。

ひたすら「動き」に魅了され、目に焼き付けることばかりに集中していて、同じようなことを自分の身体でもできるということを知らなかったのだ。

あるいは、その瞬間をずっと待っていたのかもしれない。

自分の中に、何かが限界にまで満たされ、それがついに溢《あふ》れ出して、稼働し始める瞬間を。

ある日突然、彼は「動き」始めた。

周りはあっけに取られた。

それがあまりにも突然で、あまりにも過剰だったからである。

その「動き」をどう名付けてよいものなのか、周囲は戸惑っていた。

スポーツ？

確かに、彼はなんでもこなした。球技も、体操も、自転車も。

しかし、彼の「動き」は奇妙だった。独特だった、といってもいい。その競技をする時の基本とされる動きとは全く異なっていて、見ていると動揺する。なぜか胸がかき乱されるのだ。

誰もが、その感情を言葉にできなかった。彼の中に、何か独特で心ざわめくものがあるのに、そのことを口に出せなかったのだ。

彼自身もそうだった。

自分の中にある衝動を、熱気を、どう表したらいいのか分からなかった。

しかし、とうとうその日がやってきた。

いや、その前に、その人が現れた。

『君は何を見ているの？』

その人は、彼がガード下のフェンスの内側でバスケットボールをしているのを見ていた。

たまたま通りがかって、ふと足を止めて眺めていたのだ。

試合が終わると、その人は彼のところにやってきてそう尋ねた。

彼はきょとんとした。

その人は、重ねて尋ねた。

『君は、何を考えてボールを投げていたの？　何を感じていたの？』

彼は口ごもった。彼にそんなことを尋ねた人は、これまで一人もいなかったからだ。

『「動き」を。世界の「かたち」を』

いつのまにか、彼はそう答えていた。自分でも、何を言ったのかよく分からなかった。

その人は頷いた。

今度、君が見たいと思っているもの、君が感じているものを見せてあげるよ。


そして、その日がやってきた。

それが今日のこの日だ。

彼は、その人と、東京文化会館のマチネを観た。

世界最高と呼ばれるダンサーの一人を、客席から観た。

彼は、理解した。

自分があそこに上がるために、これまで膨大な「動き」を見てきたことを。そして、自分にもあの「動き」ができるであろうことを。

彼は熱に浮かされたように、劇場を出た。いつのまにかその人と別れ、一人になってふらふらとさまよった。周りの景色が流線形になって、現われては消えた。


いったいどこをどうして、ここにやってきたのか分からなかった。

だけど、なぜか「ここだ」と思った。今日のこの日、この場所に一人で立ってみたかった。

目を閉じて、世界を感じる。

頬が、鼻が、唇が熱を帯びている。

そして、ついに彼は構えた。

両腕を水平にして、さっき舞台で見たのと同じポーズを取った。


車は皇居前にさしかかっていた。

大勢の観光客が、ぞろぞろと引き揚げてくる。カメラを構える人々が、旗を持った添乗員と列を作って歩いていく。

ジョガーが増える。

黙々と走る人々の列と、観光客の列がすれ違う。

私は広い空を見上げる。

青々とした、美しい、よく手入れされた芝生を見る。

見事なクロマツの林と、ところどころにそびえるけやきの緑に目を細める。

そしてそこに、彼を見つける。


彼はそこに立っていた。

白いシャツに黒いズボン。

あれは制服だろうか。

ひょろりとした華奢な少年。

緊張しているようにも、呆けているようにも見えた。

クロマツの林のあいだ、皇居の真正面の芝生に、彼は一人で立っていた。

私は彼の前を通り過ぎた――顔は見えなかったが、とても若いということだけは分かった。

彼は両腕を水平に広げて構えた。

右腕は伸ばし、左腕は胸の前で折っている。

そしてぐっと力をためて――跳んだ。

宙で一回転し、着地する。

ぐらり、と身体が傾いたが、なんとか踏みとどまる。


あっというまに、白と黒の細い影は後ろに流れていった。

私は窓に顔をつけ、彼の姿を目で追ったが、たちまち見えなくなった。

しかし、彼の回転は目に焼きついた。

皇居前広場の、たった一度きりの回転。


つかのまの、ほんの数秒、車の中から目にした光景。

しかし、私の中の何かが「動いた」ことは確かだった――そう、あの時の彼について、その物語を想像してみたのが、この小さなスケッチなのである。

麦の海に浮かぶ檻

待っている。

彼は、待っている。

一年ぶりにやってくる彼の娘を。彼の城、彼の世界であるこの麦の海に浮かぶ城に、優雅で静かな青い檻に、彼女を迎える時を待っている。

思いもよらぬ事故から一年。彼女の中で何が起こったのか、母親から伝え聞いてはいたものの、まだ自分の目で確認するまで信じられなかった。なにしろあの娘、彼が期待する「あの」娘なのだ。油断してはならない。じっくりと観察しなくてはならない。

彼は思い浮かべる。

彼が今いる城、北の原野の湿原に浮かぶ、岩山に貼り付いた古く美しい建物を。

かつては聖地と崇《あが》められ、やがてその地にわずかな者たちで修道院が造られた。その建物が巡り巡って、今は彼の王国、彼の学校になっている。

この学校の存在は、一般的には知られていない。しかし、その特殊な環境と特徴とで、実は内外の特定の富裕層には広く知られている。

ここは贅沢《ぜいたく》な檻だ。そして、美しい檻。ここから出ることはできない。彼の目から逃れることはできない。ここは、彼のものだ。

檻の中にいることを自覚する者はいても、そのことに抗《あらが》える者は少ない。ほとんどの者は、そのことに慣れ、受け入れていく。

まれに、受け入れられない者もいるが。

彼は、校長室の隣にあるクローゼットルームに入った。

スーツを手に取ろうとして、ふと、かつてここから本気で逃亡を試みた子供たちがいたのを思い出した。

あの子たちは、ここを拒絶した――檻の中にいることに抗った――ここから逃れようと試みた。

そう、あれはいつも新たな者がやってくる、春まだ浅い三月――

＊

二人は期待していた。

今年は、ファミリーができる。

要《かなめ》と鼎《かなえ》は、その日を待ちわびていた。

いわゆる中高一貫の六年制であるこの学校は、全校生徒の人数を合わせても大した数ではない。全学年の縦割りで「ファミリー」と呼ばれる班を作っているのだが、各学年の人数がまちまちなので、通常男女六人ずつ、計十二名で構成されるはずの「ファミリー」の数を満たさないことがままあるのだ。

要と鼎が入った年は、たまたま二人の学年だけ人数が他学年よりも多く、変則的に同学年の二人きりで「ファミリー」を名乗ることになってしまった。二人は男女の双子だから、「ファミリー」なのは当たり前で、なんの変化もない。結束の固い、仲良しの二人ではあるが、さすがにずっと一緒では飽きる。

今度新入生がやってきたら、自動的に「ファミリー」が増えることは間違いなかった。

どんな子だろう？

二人は毎日その話をしていた。

男の子か、女の子か。歳はいくつか。

この学校は、転入や編入も多いので、何歳の子がやってくるのか分からない。入学から卒業まで、きちんと六年間ここで過ごすのは半数くらいだろうか。

ただ、いつも入ってくるのは三月だ。なぜかは知らない。この学校には、不思議な習慣がいくつかあって、その理由はよく分からない。

岩山に貼り付くように建てられている全寮制の学校は、とても穏やかで居心地がよかったけれど、自分たち生徒が囚人のように感じられるのも事実だった。外界と連絡を取る手段は限られているし、外出は許されていない。

二人はしばしば、じっと部屋の窓から眼下に広がる湿原を何時間も眺めていた。

自分たちがここにいる理由。

口には出さないが、そのことについて考えていることは互いに承知していた。

そして、ついにその日はやってきた。

いつものスーツで決めている校長が、一人の女の子を連れてやってきた。

「タマラだ。今日から、君たちと一緒のファミリーに入る。仲良くしてやってくれ」

二人とも、校長の言葉は耳に入っていなかったように思う。

要も鼎も、現れた瞬間から彼女に目を奪われていたからだ。

タマラ。

ここでは、苗字《みょうじ》はない。皆、名前だけで呼ばれる。それぞれの素性《すじょう》が分からないように、苗字は伏せているのである。

ほっそりとした少女。

色は陶磁器のように白いのに、漆黒の髪はどこまでも黒かった。それが緩《ゆる》やかにウエーブして肩から流れ落ちている。

名前からして、ハーフなのだろう。どこか南欧系の香りがした。

目は焦《こ》げ茶《ちゃ》色。

なぜか、彼女には張り詰めたような緊張感が漂っていた。

暗い、というのではないのだが、どこかに影が差しているような。

しかし、その影は、彼女の美しさを全く損なわないどころか、むしろ引き立てていた。なんともミステリアスで硬質な空気をまとっていて、つい目が引き寄せられてしまう。

タマラは「よろしくお願いします」と低い声で呟き、小さく会釈した。

要と鼎が思わず歓迎の意を示すため近付こうとした瞬間。

空気に稲妻のようなものが走った。

タマラはサッと凍りついたように表情を強張《こわば》らせ、後退さったのである。

その様子に驚き、二人は反射的に立ち止まってしまう。

「そうそう、気をつけてやってくれ」

校長がさりげなく付け足した。

「タマラは、人と接触するのがダメなんだ。接触恐怖症とでもいうのかな——そこのところ、理解してほしい」

要と鼎はチラッと顔を見合わせた。

タマラは俯《うつむ》き加減に目を落とすと、「じゃあ、部屋に行きます」と独り言のように呟いた。


「どれだと思う？」

二人きりになった時、要が尋ねた。

「どれというのは？」

鼎が聞き返す。

「ほら、あれだよ。ゆりかごか、養成所か、墓場か」

「うーん。どうだろう。もしかして、もうひとつかも」

「もうひとつ？」

「療養、よ」

「ああ、そうか」

この学校の特殊なところは、さまざまな背景を持った子が集まることだ。それぞれの事情に合わせ、個々のプログラムが組まれている。

「ゆりかご」は文字通り、厳しい世間に触れさせず、温室のごとき環境で過ごすためにやってきた子。「養成所」は音楽やスポーツなど、特化した活動をしている子。そして、「墓場」は、なんらかの事情で親と一緒に過ごせない、あるいはその存在すら世間から隠されている子だ。

編入してくる生徒に「君はどれ？」と尋ねるのが、伝統的な習慣になっていた。

そして、実はもうひとつ、囁《ささや》かれているものがあった。

生徒たちには知らされていないし、誰も足を踏み入れたことはないが、この学校のどこかに医療棟のようなものがあって、精神を病んだり、療養を必要とする者はそこに入っているというのである。

「でも、療養だったら、最初からそっちに行くだろう」

「それもそうね」

鼎は肩をすくめ、思い出したように溜息をついた。

「すごく綺麗な人ね。歳はいくつなんだろう。あたしたちよりも上かしら？」

「大人っぽかったよね。でも、ヨーロッパの血が入ってると大人っぽく見えるから、もしかしたら下だったりして」

「かもね。ゆっくり話したいなあ」

鼎のうっとりした表情に、要は「おや」と思った。彼女の目に、これまで見たことのない熱情のようなものを感じ取ったからだ。その瞬間、奇妙なうずきと不吉な予感めいたものを覚えたことを、彼はすぐに忘れてしまった。

ひとつ上の学年の授業を受け始めたので、タマラはひとつ年上だということが分かった。放課後はいったんファミリーで集まる、という習慣がある。タマラはとりあえず顔は出すものの、すぐに美術室に行ってしまう。

「絵を描いてるの？」

鼎が尋ねると、「そう」と短く答える。

タマラは無口で、喋《しゃべ》る時はいつも俯き加減で、最低限の言葉しか口にしない。

接触恐怖症というよりも対人恐怖症なのかな、と要は思った。

「見に行ってもいい？」

鼎が更にそう言うと、タマラは一瞬戸惑った表情になったが、「いいよ」と答えて目を伏せた。

二人でタマラについて行くと、美術室の中に、大きなキャンバスが置かれていた。

「うわあ、これがそうなの？」

鼎が歓声を上げた。

畳一枚ほどもあろうかという大きなキャンバスの中に、描きかけの絵があったが、それは明らかに「お絵かき」の程度を超えていた。

「すごい。『養成所』だわ」

鼎がそう叫ぶと、タマラは不思議そうな顔をした。

「養成所？」

聞き返されて、鼎は慌てて口を塞《ふさ》ぐ。

「ううん、なんでもない。素敵な絵ね。タマラ、すごい才能があるのね」

鼎はしげしげと絵を眺めた。

確かに「養成所」なのかもしれない。

要は鼎と並んでじっと絵を見つめた。

とてもヴィヴィッドで激しい絵だ。見ていると、胸騒ぎを感じる。なんだろう。この不穏さは。

タマラは、鼎が心から感心していることを感じ取ったのか、にこっと嬉しそうに笑った。

初めて見る彼女の笑顔は、雲間から光が射し込んだようにとても美しかったので、鼎と要はハッとして見とれた。

が、タマラはすぐに笑顔を見せたことを後悔したかのように表情を引き締め、絵の具の準備を始めた。

鼎がぼうっとしたようにタマラを見つめている。

要は危ういものを感じた。

恋。鼎はタマラに恋しているのだ。

物静かで、無口で、接触恐怖症の、とても美しいタマラ。

しかし、その内面はこの絵のようなのではないか？　何か彼女には秘密があるのではないか？

絵を描き始めたタマラを、鼎は少し下がってじっと眺めている。その鼎を、要が見つめている。

何か嫌な予感がする。これが気のせいであればいいのだが。


毎週、校長室ではお茶会が開かれている。

呼ばれる生徒は、その時々で異なる。

鼎と要もしばしばお茶会に呼ばれていたが、その日はタマラも呼ばれていた。タマラは気乗りしない様子だったが、渋々やってきた。絵に集中したいのかもしれない。

校長室は、重厚な造りの落ち着いた部屋だ。

彼はいつも自信に溢れていて、とても魅力的だ。彼に憧《あこが》れている生徒も多い。女子生徒だけでなく、男子生徒にも熱心なファンがいて、「親衛隊」を名乗る者までいる。

鼎と要もその魅力は認めていたものの、親衛隊たちのように、無条件で崇めるのには抵抗があった。彼には、どこか警戒心を起こさせるところがある。

その日の客は六人。

校長はそつなく皆をもてなし、会話は弾んだ。

もっとも、タマラだけは端の席で相変わらず無口にしていたけれども。

「タマラ、どうだい、学校に慣れたかい？」

校長に声を掛けられ、タマラはハッとしたように顔を上げると、「はい」と言葉少なに答え、それ以上話すのを拒《こば》むかのように、ティーカップを持ち上げて口を付けた。

あれ。

要は、タマラのカップだけが、みんなのものと異なることに気付いた。他のみんなが飲んでいるのは、同じセットで同じ青い花柄のついたカップだが、タマラのものは色違いの紫の花柄だ。

別になんということもないのだが、なぜかそのことが気にかかった。

タマラはしばらくのあいだ静かに紅茶を飲んでいたが、やがてハッとしたように顔を上げ、校長を見た。

校長も、タマラを見ている。

タマラは、みるみるうちに青ざめ、目を逸《そ》らした。

「どうしたの、タマラ?」

その様子を見咎《みとが》めて、鼎が尋ねた。

「なんでもない。先生、私ちょっと気分が悪くなったので、ここで失礼します」

タマラはそそくさと立ち上がった。

「大丈夫か? 後で様子を見に行くよ」

校長はじっとタマラを見つめたまま、そう声を掛ける。

「大丈夫です」

タマラは低く呟くと、逃げるように部屋を出ていった。

「何、あれ」

「変な子」

客のあいだからそんなヒソヒソ声が上がる。

要は、テーブルの上に残された、紫の花柄のカップを見つめていた。


それからも、しばしばタマラはお茶会に呼ばれているようだった。

その様子は、どこか奇妙だった。

いつも渋々出かけてゆき、真っ青な顔をして戻ってくる、の繰り返し。

「大丈夫なの、タマラ？」

鼎がいつも心配して様子を見に行くと、「大丈夫、なんでもない」と答えるものの、ずっと寝込んでいる。

タマラは、二人用の部屋を一人で使っていた。

鼎と二人で見に行くと、いつも窓を開け放している。

「寒いでしょ」

鼎が窓を閉めようとすると、「いいの、そのままにしておいて」と言う。

「窓が開いてないと不安なの」

タマラはそう呟くと、「ほんと、寝てればよくなるわ」と二人に出て行くように促《うなが》す。

要と鼎は顔を見合わせて部屋を出る。

そんなことを四、五回繰り返した頃、鼎が廊下で呟いた。

「おかしいわ。なんでいつもあんなふうになるの。お茶会に行くたびに、ああよ」

鼎の目には、不審と怒りが浮かんでいる。

「なんでだと思う？」

要は尋ねた。

もっとも、彼女が自分と同じことを薄々考えていることにはとっくに気付いていたのだが。

「分かってるでしょ」

鼎がじれったそうな顔で要を見る。

「噂には聞いていたけど、本当だったんだわ」

妹が暗い声で呟くのを、要も暗い気分で聞いた。

「彼女――何か薬物を盛られてる」

「お茶に？」

「そう。彼女だけ違うカップだったよね」

鼎も気付いていたのだ。

「うん。みんなは青だったのに、彼女のは紫だった」

「こないだ彼女と一緒にお茶会に呼ばれた子に頼んだの。タマラのカップだけ紫かどうか見てくれって」

要は驚いて妹を見た。前から彼女は不審に思っていたのだ。

「そうしたら？」

「やっぱりそうだって。彼女だけ紫のカップだって。先にカップに薬物を塗っておいて、お茶を注いでいるのかもしれない。彼女が飲むカップを見分けるために目印にしてるんだわ」

「そんな」

要は首を振ってみせたが、否定はできなかった。

「話には聞いてたわ」

鼎は怒りを滲ませて、吐き捨てるように言った。

「ここを子供たちの本物の『墓場』にしたい親がいて、それに校長が加担してるって。お茶会を習慣にしているのは、一服盛りやすくしてるからだって。情緒不安定な子には鎮静剤みたいなのも密かに飲ませてるって。そして」

鼎は声を震わせた。

「時々、本当に――本当に、毒を盛って、弱らせて、死なせる場合もあったって」

要は思わず顔を背けてしまった。

そう。噂には聞いていた。この学校の特殊な環境。法外に高い学費。それは、学校内での違法行為への報酬なのだと。

「でも」

要は思い切って鼎を見た。

「タマラは、なぜお茶会に行くんだろう。彼女、最初の時に、お茶に何か入ってることに気付いてた。もちろん、校長もそのことに気付いてる。それでいて、やはり彼女をお茶会に呼んでるし、タマラもお茶会に行ってる。どうして？」

要が疑問に思ったのは、お茶に何かが盛られているという事実よりも、その点だった。

鼎はしばし黙り込んだ。

が、キッと顔を上げ、要を睨《にら》む。

「分からない。だけど、このままにしておくわけにはいかないわ」

要はその目に気圧《けお》されていた。

「どうするっていうんだ」

「このままじゃ、タマラが死んでしまう」

鼎は目に涙を浮かべ、口を手で覆《おお》った。

「いや。そんなの、いや。いったいどこの親があんな素敵な子を殺そうとしてるっていうの。信じられない。校長先生も、ひどいわ。そんなことを引き受けるなんて」

要は愕然とした。

妹がここまでタマラに惚《ほ》れこんでいたとは。

またしても奇妙な胸のうずき。

彼は自分がタマラに嫉妬《しっと》していることに気付き、そのことにも驚いた。

「ここは、あいつの支配下だ」

ちりちりと胸が痛む。

要は声を低めた。

「実質的に、俺たちはあいつには逆《さか》らえない」

「逃がす」

鼎が呟いた。

「え？」

「何か、彼女には校長に逆らえない事情があるのよ。だったら、彼女をここから出すしかないわ」

「どうやって？」

「考える。要、協力してくれるよね？」

妹の燃えるような激しい瞳《ひとみ》に、要には頷く以外の選択肢はなかった。


「逃げる——？」

今日も窓は開いていた。

ベッドの上に起き上がり、タマラは呆然《ぼうぜん》とした顔で呟いた。

またしてもお茶会から戻ってきて臥《ふ》せっているタマラのところに、鼎は要と共に押しかけ、計画を打ち明けた。大潮の時に、湿原をボートで渡ろうというのだ。夜明け前に出れば、幹線道路のところまで数時間で辿りつける。

タマラは呆然として聞いていたが、力なく首を振った。

「無理よ。そんなことはできない」

「どうして？　このままじゃ殺されてしまうわ」

タマラは無言で首を振り続ける。

「あたしも一緒に行く」

鼎はそう宣言した。

「えっ」

そう同時に叫んだのは、タマラと要だった。

「鼎。本気か？」

要は思わず鼎に詰め寄っていた。

「タマラを送り届けたら、戻ってくるんじゃなかったのか」

鼎は首を振った。

「ううん、あたしも行く。でないと、タマラは逃げないもの。お願い、タマラ、あたしと一緒に逃げて」

鼎は懇願した。

タマラは奇妙なものを見るような目つきでまじまじと鼎を見た。

「あたしはあなたを失いたくない。生きてて欲しい」

鼎の目には、涙が浮かんでいる。

タマラの目が驚きに見開かれる。

やがて、彼女はぶるぶると震えだした。

顔がぐしゃりと歪《ゆが》み、双眸《そうぼう》からぽろぽろと涙が流れ出す。

彼女が感情を露《あらわ》にしたのは初めてだった。

タマラは搾り出すような声を出した。

「嬉しい。嬉しいわ、鼎。だけど、無理。あなたの気持ちだけ、受け取っておく」

「どうして？　どうしてなの？」

「ダメなの。あたしはダメなの」

鼎が思わず肩に手を掛けようとすると、タマラはサッと身体を引いた。

「触らないで！」

鼎がびくっとする。

「あたしを放っておいて！　二人とも出て行って！」

タマラは両手で顔を覆うと叫んだ。

「お願い、出てって！」

その叫び声を背中に浴びながら、二人は部屋を出て行かざるを得なかった。


「いったいどんな事情があるんだろう。ああまでして、ここにとどまって、お茶会に行くのはなぜなんだ。ひょっとして、自殺願望でもあるんだろうか？」

要はうろうろと部屋の中を歩き回った。

鼎は悄然《しょうぜん》と椅子《いす》に座り込んでいる。

「鼎、あれは本気だったの？　本当に一緒に行くつもりだったの？」

要が尋ねても、答えない。虚《うつ》ろに床を見つめている。

苛立《いらだ》ちを覚え、返事を待ったが、彼女はそれを無視していた。

「勝手にしろ」

要は乱暴に歩き出し、部屋を出た。

それきり、二人のあいだからタマラの逃亡計画の話題は消えた。

それでも、日々は過ぎる。

やはりタマラはしばしばお茶会に出かけている。が、このごろは戻ってきてから寝込むことがなくなった。どうやら、お茶には口を付けていないらしい。

鼎は毎日美術室に出かけていき、タマラが絵を描くところをじっと遠くから見ているようだった。要はなんとなく、妹と一緒にタマラのところに行くのを止めてしまった。もう二人のあいだに逃亡の話題は出ず、何もなかったかのように他愛《たわい》のないお喋りをしているらしい。

今ね、タマラ、あたしの絵を描いてくれてるのよ。

穏やかな顔で鼎がそう言うのを見て、要は密かに安堵していた。

あきらめたんだろう。

自分にそう言い聞かせる。

タマラもお茶を飲むのを止めたようだ。彼女は生き続ける。鼎の言葉の影響だろう。ならば、逃げる必要もない。

要はそう自分を落ち着かせようとした。


花火が上がっている。

湿原の上に、花火が打ち上げられている。
色鮮やかな大輪の花が、あちこちで開いている。
それをタマラと鼎が見上げている。
うわー、綺麗ね。
すごいわ。
二人は顔を輝かせ、花火を指差して、楽しそうに笑っている。笑っている——
と、要は目を覚ました。
ドンドンドンドン。
花火？
部屋は真っ暗だ。窓を見るが、まだ薄暗い。
花火ではなく、誰かがドアを叩《たた》いているのだと気付いた。
「要！　起きろ、要！」
その声で、校長が自分の部屋のドアをノックしているのだと分かった。
慌てて起き上がり、ねぼけまなこでドアを開く。
目の前に、この上なく厳しい顔をした校長が立っていた。
まとう空気が冷たいのは、少し前まで外にいたかららしい。
要はいきなりはっきりと目が覚めた。
何が起きた？
「着替えて、一緒に来い」

校長はそう言うと、くるりと背を向けて歩きだした。

要は急いで制服を着ると、校長の背中を追う。

空気は冷たく、辺りはしんと静まり返っていた。

校長は、一度も振り返ることなく、どんどん坂を下りていく。

この先はもう何もないはずだ――あるのは湿原のみ。

突然、頭の中に閃いた言葉があった。


大潮。


要は足を速めた。動悸《どうき》が激しくなるのを感じる。

まさか――まさか。まさか、二人は逃げたのか？

やがて、激しい泣き声が聞こえてきた。女の子の泣き声。

要はどきんとした。

あれは誰の声？　鼎か？

そして、見えた。

横たわる少女と、その少女にすがりつく少女。

「鼎？」

悲鳴を上げて、要は駆け寄っていた。

狭い波打ち際の崖《がけ》に隠すようにひっそりと浮かんでいるボートが、かすかに揺れていた。

逃げようとしていた。

大潮。

タマラ。泣いている。

横になっているのは鼎だ。

なぜ？　何が起きた？

「鼎？」

頭の中でぐるぐると言葉が回っている。

しかし、横たわっている妹はぴくりとも動かない。彼の呼びかけにも答えない。

死んでいる。

鼎が、死んでいる。

タマラは、鼎にすがりつき、身をよじって泣き叫んでいた。

大丈夫なのか？　接触恐怖症ではなかったのか？

そんな感想がぼんやりと頭に浮かんだ。

「なぜ？」

要はそう呟き、呆然と校長を見た。

「タマラが私に助けを求めてきた。鼎が倒れたと言って」

校長は、二人の少女に目を向けたまま、そう低く呟いた。

「鼎ーっ、許して鼎ーっ」

タマラは天を仰ぎ、泣き叫んだ。

許す？　何を許すのだ？

要は妹の顔をぼんやりと眺めた。

奇妙な表情。驚いたような、笑っているような、恍惚としたような——

なんだろう、この表情は？

「心臓発作を起こしたようだ。外傷はない」

校長が呟く。

「そんな。鼎には、持病なんてなかった」

要はいやいやをするように首を振る。

信じられない。受け止められない。

胸のうずき。タマラへの嫉妬。

さまざまな感情が身体の中を駆け巡っている。

「要。あとで校長室に来い」

その声だけが、頭の中に刻み込まれた。


かちゃん、と紫の花柄のティーカップが目の前に置かれた。

要は、のろのろと校長の顔を見上げる。

「おまえたちが気付いたように、タマラの飲む紅茶には毒が入っていた」

要はそう校長の口が動くのをぼんやりと眺めていた。

もうそんなことはどうでもいい。

鼎が死んだ。鼎が死んだ。妹が死んだ。

その事実だけが頭の中で繰り返される。

「要、よく聞け」

ピシリと響く声。

「確かに、タマラのカップだけ別にして、彼女の飲むお茶には毒を入れていた。なぜなら、彼女がそれを必要としていたからだ」

一瞬、意味が分からなかった。

無意識のうちに、要は「えっ？」と声を上げていた。

校長はテーブルの上に腰掛けて要の顔を覗きこんだ。

「ボルジア家の話を聞いたことがあるか？」

「ボルジア家？」

唐突な話題に、要はきょとんとした。

なぜいきなり、ボルジア家なんだ？

「十五世紀の、イタリアの名家だな。マキャベリズムの語源にもなったとされる、奇々怪々な権謀術数で有名になった一族だ。一説には、政敵を次々と暗殺したと言われている。どうやって？」

校長はカップに目をやった。

「毒だ」

要はつられてカップを見た。

「ボルジア家は毒薬の扱いに長《た》けていたらしい。ずいぶん毒殺もしたようだ。毒の扱いに長けた一族は、毒の研究もしていたという。これもまた伝説に過ぎないが、子供の頃から少しずつ毒を舐めさせ、慣れさせて、耐性を付けていたとも言われている」

校長が何を話しているのかよく分からなかった。

毒の豆知識を授けようとでもいうのか？

「ボルジア家だけではない。毒物の扱いに長けた一族は、同じようなことを考えるものらしい。実際、子供の頃から毒物に接することも多く、遺伝的にも耐性があるのかもしれない。中には、あえて子供の耐性を高めて、暗殺者として育てるということもあったと聞く。その結果、耐性どころか、呼気や体液自体が毒性を持ってしまっているという者も」

呼気。体液。

何かを忘れているような気がした。


「タマラが、そうだ」


開けられた窓。

飛びのくタマラ。

接触恐怖症。

「まさか」

要が怯えた目で校長を見ると、校長は頷いた。

「そうだ。タマラの体液には、人を殺すだけの毒性がある。呼気も危ない。密閉空間で一緒に過ごすと、それだけでも影響がある」

近寄らないで。

伏し目がちにぼそぼそと呟くタマラ。

無口な少女。

笑わない少女。

「絵を描くようになったのも、キャンバスに向かっていれば、誰かと顔を突き合わせる必要がないからだ。彼女の呼気に触れることもない。しかも、大きいキャンバスに絵を描いていれば、人は自然と下がって、離れたところから絵を眺める。彼女のそばに来ることはない。それが理由だったろう。才能もあったのは事実だが」

ヴィヴィッドな激しい絵。

彼女の内に秘められたもの。

「だから、もはや彼女は毒を服用するのが自然な状態になってしまっていた。学校の中で、毒を彼女に持たせるわけにいかないので、私が毒を管理して、時々服用させていた」

「でも、じゃあ、どうして彼女はお茶会から帰ると具合が悪くなったんです？」

要が尋ねると、校長は小さく溜息をついた。

「精神的なものだ。彼女は、おのれの運命を呪《のろ》っていた。定期的に毒を服用しなければならないことに、激しい自己嫌悪感を抱いていた。だから、お茶会に行ってお茶を飲むと、ひどく落ち込んで、苦しくなる。それの繰り返しだった。分かってはいたが、服用しなければしないで苦しむことも知っていたんでね。仕方なかった」

「でも、最近の彼女はお茶を飲んでいませんでしたよ？　そんな苦しそうな様子は見せてませんでしたが」

「鼎のためだ」

「鼎の？」

「タマラは、友達を作らないようにしていた。接触すれば、相手に害になる。だから、接触恐怖症だと言い、無口にして、なるべく他人に近寄らないようにしていた。だが、鼎はタマラを愛した。タマラの生存を望んだ。そして、タマラも鼎を愛してしまった」

あたしはあなたを失いたくない。

二人が交《か》わした視線を思い出す。

ぐしゃりと顔を歪めたタマラ。

恋に落ちた二人。

「彼女は、毒を抜こうと思ったに違いない。今更どうにもならないかもしれないけれど、服用さえしなければ、薄まっていくかもしれない。そう考えたんだろう。そして、鼎はあきらめていなかった。タマラが毒を飲まなくなったのを、生きる気になったのだと考えた。それはある意味、事実だったが、それを鼎はタマラも逃げる気になった、と受け取ったんだな」

「そして、大潮の日に」

「そう。逃げ出すことにした」

「じゃあ、鼎が死んだのは」

その場面が目に浮かんだ。

いよいよ逃げ出すという瞬間、二人は我慢しきれなくなったのだろう。深いくちづけを交わしたのだ。

タマラの呼気を吸い、タマラの唾液《だえき》を飲んだ。そして、鼎は――

要はぶるっと肩を震わせ、その想像を打ち消した。

タマラは、鼎に打ち明けたのだろうか。自分の呪われた身体のことを。打ち明ける時間もないほど、恋の衝動に流されたのか。

それとも、鼎は知っていたのだろうか。知っていて、それでも死のキスを受けたのか。

あの奇妙な表情が目に浮かんだ。

知っていたのかもしれない。知っていて、恍惚のうちに、死んでいったのかもしれない。そう思いたい、あの表情――

要は目を拭《ぬぐ》った。

「もう一度、鼎に会わせてください。お別れをさせてください。ここでは亡くなった生徒は『転校』として処理されるのは知ってるけど、最後にもう一度会いたい」

「いいや、それはできない」

校長は首を振った。

「鼎は失敗した」

ずしん、とその言葉が要の肩にのしかかった。

失敗。

「私は、お前たち二人を試していた。タマラの真相が見抜けるかどうか。タマラの口から聞きだせるかどうか」

要は息を呑み、まじまじと校長の顔を見た。

「試した？　僕たちを？」

無表情な校長の顔。

「そう。わざわざタマラと一緒にお茶会に呼んだ。彼女のカップが違うことにはすぐに気付いたのはいいが、ただの毒だと考えたのは早計だったな。彼女の言動を注意深く見ていれば、ヒントはあちこちにあったのに」

ヒント。言動。

要はごくりと唾《つば》を飲み込んだ。

僕たちは、試されていた。すべてお見通しだった。

「鼎が真相を知っていたのかどうかは分からないが、分かっていて衝動に流されたのであれば、失格だ。分からなかったとしても、すぐに異変に気付くべきだったのに」

失格。

妹のあの表情——笑っているような、驚いているような。

「僕はどうなの、お父さん」

要は静かに呟いた。

「僕も失格？」

僕たちは争っている。

ずっと争っている。血を分けたきょうだいたちと、父の後を継ぐのは誰かを。

校長は、かすかに首をかしげた。

「保留だな。少なくとも、お前は何かあることに気付いてはいた。次の失敗は許さんぞ」

要は小さく溜息をついた。

「さあ、部屋に戻れ」

校長は手を振った。

要はじっとその手を見上げた。

「タマラはどうなるの？」

「ショックがひどいので、医療棟に移す。落ち着かせるまでしばらくかかるだろう。場合によっては、鼎のことを忘れさせる必要があるかもしれない」

「じゃあ、タマラの最後の絵は僕にもらえない？」

校長は意外そうな顔になった。

「お前も彼女が好きだったのか？」

要はゆるゆると首を振った。

「最後の絵は、鼎の肖像画だったんだ」

＊

あれからどれくらい歳月が経ったのだろう。

彼は、回想から覚める。

そう、確かに私はもう失敗しなかった。あれから父の課題をクリアし続け、きょうだいたちと争い続け、そしてこの校長室を、この城を、この王国を引き継いだのだ。

ちらりと、寝室のほうに目をやる。

タマラの描いた、鼎の肖像画の掛かっている部屋。

父は、タマラの絵を譲り受けることを許してくれた。口には出さなかったが、競争相手とはいえ、仲良しの妹を失ったことを不憫《ふびん》に思っていたのかもしれない。

それとも、ただ単に、タマラに鼎のことを思い出させないためだったのかもしれないが。

校長は、手にしたスーツを戻した。

そして、反対側の壁に目をやる。

そちらには、ずらりと女物の服が並んでいる。

妹の喪失は、大きかった。彼は、何年もその事実を受け入れることができなかった。あの頃から、彼は残された妹の服を、時折身に着けてみた。妹になりきって過ごし、妹と対話を続けてきた。

その習慣は、今も続いている。今では対話はしないものの、まだ自分の中に妹がいるのを感じている。

「やはり今日は、こっちかな」

校長は、女物の服の前に立ち、灰色のタイトスカートを手に取ると、慣れた手つきで一年ぶりに会う娘を出迎える身支度を始めた。

風鈴

一

これは、長年つきあいのある美容師さんから聞いた話です。

よく考えると美容師とお客との関係って不思議ですよね。赤の他人で身体に触れる人って、お医者さんや美容師さんくらいしかいない。一種独特の信頼関係があるから、よく芸能人なんかに、ヘアメイクさんに依存してしまう人がいるのも分かる気がしますね。

この話を聞いた美容師さんにはもう二十年くらい髪をお願いしています。

これまでに気に入った美容師さんて、二人しかいないんです。

一人目の人から今の人に落ち着くまで、あいだに何人も担当してもらいましたが、結局その人たちは、顔も名前も全然覚えていません。

そもそもこの話のきっかけになったのは、その一人目の美容師さんなんです。

学生時代に通っていた美容院の担当者でUさんといって、私と同い歳くらいの男の子でした。カットが上手で、ひょろっとした小柄な子でした。

今でこそ美容院には男の人もよく来ていますが、当時は美容院といえばお客さんは女の人。なのに、このUさんという男の子についているお客さんは明らかに独特で、男の人ばかりでした。あと、外国人。その美容院は留学生も多い学生の街にありましたから、そのこと自体は不思議ではないんですけど、順番を待っているお客さんでUさんが担当の人は一目で分かりました。小柄なUさんが、大男のアメリカ人の髪を切っているところを見ると、なぜか民話の『ジャックと豆の木』を思い出したりしました。

そのUさんの話で、強く印象に残っている話があります。

いったい何がきっかけでそんな話になったのかは全く覚えていません。

――僕ね、週刊新潮の表紙が怖いんですよ。

急にそう言い出した顔は今でも覚えています。

私は「えー、どうして」と聞きました。

谷内六郎の絵は当時から有名でしたから、私でも知っていました。私の印象では、子供がたくさん出てくる、ほのぼのした絵、という感じでした。

でも、彼はその絵を見るたびにゾッとする、と言うんです。

――すっごく怖いんですよ。もう、ほんとに、オシッコちびるんじゃないかと思うくらい、怖い。

その時は「へえー」と応えただけでした。

人によって怖いものってそれぞれなんだな、と思いました。

でも、今になってみると、Uさんの言っていたことが分かるような気がするんです。

もう週刊新潮の表紙は別の人が描いていますけど、私、ここ数年、谷内六郎のカレンダーを使ってるんですよね。

ベッドの脇に置いて毎日眺めているんですが、なんといいますか、そこはかとなく異様なんです。

柔らかい優しいタッチで、懐かしい暮らしや子供たちを描いているのに、どこかに狂気をはらんでいる、とでもいいましょうか。似たような絵を描いている画家はいっぱいいますが、同じように感じたことはありません。谷内六郎の絵だけが、うっすらと異様で怖い。それをずっと感じていたというUさんは、やはり面白いセンスの持ち主だったんだなと思います。

Uさんは、突然その店をやめてしまって、行方不明になってしまいました。郷里の海辺の町で、海のそばに席がひとつしかない美容院をやるのが夢だと言っていたし、抜群にカットのうまかったUさんは、この店のスタッフに学ぶものはもうない、とも言っていたし、なんとなくその店で浮いている感じだったので、彼がやめたと言う店員の口調もどこか冷たかった。普通、店をやめる時にはお客さんをみんな持っていくものなのに、Uさんは常連のお客さんにも連絡先を教えていかなかったようです。本当に、遠い郷里に帰って美容院を始めたからなんじゃないかと今でも思います。

さて、数十年が経って、現在の美容師さんの話です。

今の担当の人も、考えてみればUさんと少し感じが似ています。

カットが抜群にうまくって、ひょうひょうとしていて、あまり余計な話はしない。

記憶というのは不思議なもので、どうしてその日に限って、それこそ三十年くらい前に担当してくれていたUさんとの会話を思い出したのか不思議です。

だけど、なぜかその時、週刊新潮の表紙が怖い、と言っていたUさんのことを思い出した。

それで、なんとなく髪を切っているKさんに聞いてみたんです。

Kさんて、何か怖いものある？

ええ？

Kさんは、きょとんとしていました。Kさんはとても現実的でクールな人で、これまでにこういう話をしたことは一度もなかったからでしょう。私も全然そういう話をするタイプではなかったので、こんな話題は初めてでした。

そうしたら、しばらく考えて、「風鈴かなあ」と答えたんです。

「風鈴？」

聞き返すと、頷いて、「祖父の家の軒先に下がってた風鈴が子供の頃すごく怖かった」と説明してくれました。

「へえー、どうして？」

重ねて聞いて、Kさんが話してくれたのが以下のような話です。

二

南部鉄器というのをご存知でしょうか。

僕の郷里が岩手の山奥のほうだというのはOさんも知ってますよね。

南部鉄器といえば江戸時代から続く岩手の特産品で、丈夫で美しい鋳物です。

僕の祖父の家は大きな農家で、絵に描いたような堂々たる日本家屋でした。広い大きな縁側があって、そこに南部鉄器の風鈴がありました。

鉄の風鈴の音、聞いたことがありますか？　ガラスや陶磁器でできた風鈴とはちょっと違った、とても澄んだ、きれいな音がします。小さい鐘みたいなものですから、残響が長いんですよね。ものごころついた頃には、いつも軒先にこの風鈴が下がっていた記憶があります。

祖父の家に行くのは主に夏休み、特にお盆の頃なので、余計にこの風鈴の印象が強かったのでしょう。

僕の記憶では、この風鈴、いつも軒の端っこの引っ込んだところに、目立たないように下がってた印象があるんです。季節のしつらいだったら、もう少し真ん中のほうにあってもいいような気がするんですが、本当に端っこ。雨戸をしまうところのすぐ隣、まるで、わざと人目につかないようにしているみたいだった。

でも、そういうことは後付けで考えたことです。

何が怖かったかというと、この風鈴、変な時に鳴るんです。

というか、普段はあんまり鳴らない。

風の通り道から少し引っ込んだところにあるから、ほとんど鳴らなくて、誰もそこに風鈴があることを意識していない。

だけど、たまに——それもなぜか、僕が一人でいる時に、鳴る。

おかしな話でしょ？

でも、本当なんです。むしろ、風のない、夏のべったりした午後の、しんと静まり返った瞬間に鳴る。

田舎の家は広いし、大人たちは外で作業したり、近所に挨拶に行ったりしてるから、結構子供がぽつんと取り残される瞬間というのがあるものなんです。子供のほうは、周りに友達がいるでもなし、割に退屈するんですよねえ。いとこたちが来ればまた別なんだけど、来る時期が合うとは限らない。

だから、ふと気がつくと一人きり、ということがある。

記憶にある、最初の光景はこんなです。

僕は、縁側の前の庭で、ひとりで遊んでいる。

小さなスコップで、庭の土を掘り返しているんです。別に目的があるわけじゃなし、なんとなくちょっとずつ辺りを掘り返している。

その時、りーん、と風鈴が鳴ったんです。

りーん、と一回きり。澄んだ綺麗な音で、長く尾を引いて一度だけ。

僕はハッとして顔を上げました。

その音が何の音か一瞬分からなかったんですが、なぜかパッと目が風鈴に引き寄せられたんです。

あれが鳴ったんだ、ととっさに思いました。

何か異様なものを感じて、僕は辺りを見回しました。

奇妙に思ったのは、その時、全く風がなかったことです。そよともしない。

辺りはしんと静まりかえっていて、鳥の声もしない。

夏の田舎は、賑やかです。鳥やセミの声がうるさいくらいで、風の音とか、どこかで作業の機械を使っている音とか、いろいろな音に満ちている。

だけど、その時は、本当に無音という感じだった。第一、僕が顔を上げて風鈴を見た時も、全く風鈴は揺れていなかった。舌《ぜつ》についている短冊もまっすぐ垂れたままだったんです。

最初の記憶はこれだけです。そのあとどうしたかはうろ覚えで、よく分からない。

ただ、あの風鈴が鳴った、鳴るはずのない時に鳴った。そう思ったことは確かです。

三

それから何度も祖父の家に行きましたが、やはりめったに風鈴は鳴りませんでした。

そもそも、誰もあの風鈴に気付いていないみたいでした。僕が大人やいとこに「あそこに風鈴があるよ」と指さしてみても、みんな「ああ、そうだね」「あるね」と気のない返事で頷くだけです。あの風鈴のことを考えているのは僕だけのようだった。

怖いといっても、なんとなくというだけで、説明できない。

たとえば、風鈴が鳴るたびに親戚の誰かが亡くなる、とか、そういう話だったら因縁話として説明がつくと思うんですけどね。「不吉な風鈴」とか「死を呼ぶ風鈴」とか。

そういう話ではない。

「魔が差す」という言葉がありますよね。

風鈴の話とは全然関係ないんですけど、「魔が差す」という言葉でいつも思い出す事件があります。

僕の郷里では有名な事件で、ある男がある日突然、それまで四十年も一緒に仕事をしてきた同僚をハンマーで殴り殺してしまったという事件です。

どちらも至極温厚で人柄もよく、兄弟のように仲良くしてきた相棒だったのに、なぜか作業中に同僚を後ろから一撃で。

殺したあと、男は呆然とその場に立ち尽くしていたらしい。近所の人が声を掛けるまでハンマーを握りしめたままだったと。

何か恨みがあったわけでもない、トラブルがあったわけでもない、いちばんの親友だった、と言っているし、こいつがいなくなったら困るとも思っていた。

なのに、いつものように作業をしていたその日、なぜかむくむくと殺意が湧いてきた。今このハンマーをこいつの頭に振り下ろしたらどうなるだろう、と思ったらその考えが頭から離れなくなって、気がついたらそうしていた、というんですね。

ずいぶん長いこと郷里では話題になっていた事件で、その時大人たちがしきりに「魔が差したんだ」ということを口にしていた。

日常に、そういう瞬間て、確かにある。裂け目というか、今いる世界とは連続していない、異質な瞬間が見える時がある。

あの風鈴は、それを察するセンサーみたいなものだったんじゃないかなあ。

四

その後、数え切れないくらい祖父の家に行きましたが、何回風鈴が鳴るのを聞いたのかはよく覚えていません。

そのうち、何かがあった——と思う出来事をお話ししましょう。

ひとつめは、やはり僕一人が縁側で宿題をしていた時のことです。

きっと、退屈して何もすることがなかったんで渋々宿題をする気になったんでしょうね。

縁側に寝そべって、だらしない姿勢で算数の問題を解いていた。

とりあえず集中していたので、辺りが静かになっているのに気付かなかったんです。

その時、風鈴が鳴りました。

りーん、と一回。

またしても、一回だけ、長く残響して消えた。

僕はハッとして風鈴を見ました。

今度も風鈴は動いていない。短冊もだらりとまっすぐです。

慌てて起き上がり、縁側に手をついて耳を澄ましました。

静寂。というよりは、沈黙、という感じなんです。大勢人がいるんだけど、みんながじっと動きを止め、息を潜めている感じ。

風はなく、無音。天気はいいんだけど、陽射しはなくて、影もない。なんだか書割みたいに風景が人工的に感じられました。嘘くさい、はりぼてな感じ。

むろん、広い庭は無人で、虫すらも気配が感じられません。

だけど、その時、「誰かがいる」と思ったんです。

今目にしている風景の中に、誰かいる。そう直感しました。

僕は固まったみたいに動けなくなりました。その場を逃げ出したいんだけど、ピクリとも動けない。目の前の景色と一体化したみたいになって、その場に凍り付いていました。

そうしたら、どこからか低く音が聞こえてきたんです。

ザッ、ザッ、ザッという音。

かすかな音なんですけど、なにしろ辺りが無音ですからよく響く。

落ち葉を掃いているような音です。

そういう、ザッ、ザッ、という音がどうやら庭の中を横切っていくようです。右から左へ、音が少しずつ移動していく。

もっとも、音の主の姿は全く見えません。

ただ音だけが、庭の中を通り過ぎていく。

いったいどれくらいの時間が経ったのか分かりません。ものすごく長く感じましたけれど、実際はたいした時間じゃなかったのかもしれません。

音が庭を通り過ぎ、聞こえなくなったとたん、風景に突然音が戻ってきて、ざわざわというつもの山の賑わいで我に返って、僕も身体を動かせるようになったんです。

五

今となってみれば、どうして祖父や祖母、あるいは両親に自分が見たものを話してみなかったのか不思議です。

もしかしたら、何かあの風鈴にはいわくがあって、変な時に鳴る理由があったのかもしれない。僕が聞いていれば、誰かがその話をしてくれたかもしれない。

だけど、僕はそうしようとは思わなかった。子供心にも、あの風鈴については口にしないほうがいいと感じていたからです。

そういうことってありますよね。

何かがおかしいし、どう考えても理屈に合わないんだけど、誰もが触れないようにしているもの。口に出したり、認めたりすべきではないもの。そう無意識に共有しているものって、今もある。

もうひとつ、風鈴の音を聞いた時の話をします。

この時のことが、いちばんくっきりと目に焼きついています。

高校一年の夏でした。

高校生くらいになると、もう田舎に行く愉しみなんて感じませんよね。友達と遊ぶのに忙しくて、田舎なんて鬱陶しくてかなわない。

だから、とても退屈していたことを覚えています。

持ってきた本も読んでしまって、もうここにはあんまり来なくなるんだろうな、と考えていた。

風鈴のこともすっかり忘れていました。ずっと風鈴が怖いと思っていたことは覚えていましたが、あれは子供の頃のことだからと気にしなかった。

やはり天気のいい日の午後で、縁側に座ってだらだらしていました。

あの時の奇妙な感じは、今でもよく覚えています。

だらしなく縁側に座っていたんだけど、なぜか突然、身体が緊張してきたんです。なんていうのかなあ、腹痛を起こす前に、身体が緊張するでしょう。これからさしこみが来そうだ、と身体が身構える。

あんな感じで、全身がすうっと冷えていくみたいに硬直して、緊張していく。自分でも何が起きているのか分かりませんでした。

同時に、どんどん周囲から音が消えていくのに気付きました。

風景が遠ざかっていく感じ。自分は動いていないのに、周りの景色だけがすうっと遠ざかっていく。

その時、直感したんです。

僕は軒下の風鈴に目をやっていました。

風鈴が鳴る。

これから、あの風鈴が鳴る。

そう確信しました。

そして、確かに鳴ったんです。りーん、と一回、とても澄んだ音で、長く尾を引いて。

僕はこの目で見ました。

短冊は動かず、上の鐘の部分だけがふっと傾いたんです。

そして、何事もなかったかのように、またすっとまっすぐに戻った。

辺りは、例によって無音になりました。

もちろん、僕は金縛りにあったみたいに動けません。ものすごく動揺していました。まさか、高校生にもなって、こんな経験をするとは思わなかったからです。

だらだら汗を流して、庭を見つめていた。

何かがいる。そういう確信がまたしてもじわじわ込み上げてきた。

そして、あの音がしたんです。

ザッ、ザッ、ザッという、落ち葉を掃くような音。それが、視界の右のほうからゆっくりと近付いてきます。

僕はその音のするほうに目をやってものすごく驚きました。

音の主が見えたからです。

いや、正確に言うと、音の主の一部が見えた。

裸足の男の人でした。

そして、その人の前後に、小さな子供の足も見えました。みんな裸足で、ゆっくりとすり足のようにして歩いてくる。

足だけなんです。

ちょうど、くるぶしのあたりまでがぼんやり見えていて、その上は消えている。

なんとなく、高貴な人のような気がしました。

足首には綺麗な色の組紐のような糸が巻いてあるし、薄く透き通った衣の裾が、後ろに引きずられています。

静かに、ゆっくりと、厳かに進んでいく感じが、昔の偉い人とか偉いお坊さんをイメージさせて、危害を加えるとか、暴力的な感じは全くなかった。

ただ、ぼんやりとした三人の足がゆっくりと庭を横切っていく。

目にしているものが信じられなくて、僕はその足から片時も目を離せませんでした。瞬《まばた》きもしなかったんじゃないかと思うくらい。

足は、ゆっくりゆっくり進んでいきました。

確かに目の前の土を踏んでいて、進むたびに足の下で小石が音を立てるんです。

ザッ、ザッ、ザッ、ザッ、と音は続きました。

足が見えなくなるまで、ずいぶん時間が掛かりました。

うっすらと見えていた足首に巻かれた糸が少しずつ見えなくなり、消えていきました。

僕はあんぐりと口を開け、周りに音が戻ってきてもしばらく呆然としていました。喉がカラカラで、全身が筋肉痛みたいになっていたことを覚えています。

六

それが、風鈴の音を聞いた最後でした。

それからしばらくして祖父が突然倒れて亡くなり、二年後には祖母も帰らぬ人になって、その後も何度か祖父の家を訪れましたが、いずれも夏ではなかったし、風鈴は下がっていませんでした。今もどこかにしまいこまれてあるのか、もうないのかも分かりません。果たして何かいわくがあったのかも、永遠に分からなくなってしまった。

不思議なもんですね。

今日Oさんに聞かれるまで、このことはすっかり忘れてました。

ここ数年、思い出しもしなかった。

でも、時々祖父の家にあったのと同じ鉄でできた風鈴の音を聞くとギョッとすることがあります。

なぜギョッとするのか、自分でも意識していませんでした。

そうそう、たまに法事に行く時もギョッとしてましたね。

お坊さんがお経を上げたあと、チーンとかねを鳴らすでしょう?

あの音があの風鈴の音とそっくりなんです。

トワイライト

扉の向こう側で、遠くをざわざわと風が吹き抜け、どこまでも渡ってゆく音が地響きのように続いていた。

ここに閉じこもってからいったいどれほどの時間が過ぎたのだろう。

目の奥が痛む。こめかみを揉《も》んでみたが、痛みはちっとも治まらなかった。

私は疲れ切ってしまい、塞いだ扉の内側にのろのろと腰を下ろした。

こんな何もないところに閉じこもってしまったのは愚かだった。唯一、部屋の中が常に明るいことがありがたい。これで外のように真っ暗だったら、もっと気分は塞ぎ込んでしまっていただろうから。

時折、意味の分からない言葉で呼びかける声が散発的に聞こえてくる。

聞いてはいけない。聞いてはいけない。奴らが私にどんな仕打ちをしたか。もう二度と信用などするものか。あれほどの狼藉《ろうぜき》、あれほどの屈辱。決して忘れてはなるものか。

しかし、時間が経つにつれ、虚《むな》しさと閉塞感は募るばかりだ。

世界は暗闇に覆われてしまった。

あの日から、世界はすっかり変わってしまった。今や、明かりが灯《とも》っているのはこの場所のみ。

文字通り、この世は暗黒の世界に沈みこんでしまったのだ。

恐ろしい事故だった。思い出すのも忌まわしく、おぞましい。あの凄まじい事故から、世界は穢《けが》れ光を失ってしまったのだ。

いや、違う。あれは決して事故などではない。ふつふつと怒りが込み上げてくる。

あれは犯罪だ。世界に対する犯罪だ。もう取り返しがつかない。あの日を境に、世界は暗黒へと堕《お》ちていった。

だが、奴らは私を引きずりだそうとする。猫撫《ねこな》で声を出して懐柔しようとしたり、甘言を弄してここに入り込もうとしたりする。仕方があるまい。今や、まともな者、光を手にしている者は私だけなのだから。

しかし、私が頑として返事をしないものだから、しばらくのあいだ外は静かになった。暗闇を荒れ狂う風以外には。

ずっと気が張っていたのに、いつしかうとうとしていたらしい。私は夢を見ていた。

笑いさざめく人々が、明るい野原で宴《うたげ》を催している。華やかな歌舞音曲が流れ、美しい女たちが踊り回るさまは、かつての私たちの世界のよう。ああ、あのような牧歌的な世界があったのだ

——


ハッとして目覚めた。ぼんやりと辺りを見回す。

目覚めたのに、笑い声はまだ聞こえている。明るい歌舞音曲も。

まさか、そんな。私は慌てて起き上がった。石の扉に耳を押し当て、外の気配を探る。

しかし、聞き間違いではなかった。確かに、大勢が笑いさざめき、歓声を上げるのが聞こえて

くる。

有り得ない。外は暗黒で、野蛮な未開の世界に逆戻りしたはず。

なのに、この歓声は？　音楽は？　外でいったい何が起きているの？

私はゴクリと唾を飲み込んだ。

出てはいけない。見てはいけない。

そう心は叫んでいるのに、いつのまにか重い石の扉に手を掛けていた。

ちょっと、覗いてみるだけ。ほんの少し隙間を開けるだけ。指一本入るくらい、ほんの少しだけ――

と、扉の隙間から眩《まばゆ》い光が射し込んできて、私は一瞬目が眩《くら》んだ。

そんな馬鹿な。なぜ、外に光が？

頭が真っ白になり、次の瞬間、そこに青ざめて口を開けた女の顔が見えた。

この顔を私は知っている？

と、アッというまに沢山の指が隙間に入ってきて、扉が一気に開け放たれてしまった。

たちまち私は外に引きずり出されてしまい、奴らに取り囲まれ、頭上からいっぺんに沢山の声が降ってきた――


「あー、よかったあ、出てきはったあ」

「やっぱり歌と踊りは効いたねえ。顔出したとこに鏡を差し出すってアイデアも」

「ホント、あんさんがいないと文字通り、世の中真っ暗や」

「確かにあいつが全面的に悪い。これまでの恩も忘れて、あんたの大事な工房に、まさか皮剥いだ馬投げ込むなんて、有り得ないやろ。みんなでボコボコにして、キツーくお灸《きゅう》すえときましたからな。縁起悪い、穢れた、ゆうのも無理はないわな。ちゃんと掃除して、お祓《はら》いしときましたよって。女の子たちにも平謝りして、慰謝料も弾みましたよし」

「だから、堪忍してください。スサノオ、反省してますよって、ここはひとつ、あんたが出てくるまで頑張るゆうて、長時間あんたのためにフラフラになるまで踊り続けた踊り子さんの努力に免じて、何卒《なにとぞ》許してやってくださいな、アマテラスはん」

――いわゆる天岩戸伝説というのは、こんな感じだったのかもしれない。

惻隠

ワタクシは猫であります。

ええ、確かに。はい、この肉球にかけて。

なーんて、ちょっと人間の真似してみた。けど、やっぱムダよね。こういうの、あたしら似合わないわ。

だって、意味ある？

あたしが肉球に誓うことになんの意味があるのよ？　意味ないでしょ？

そうなの。あの人たち、いっつも、何かにつけて「神かけて」とか「誓って」とか、やたら大仰にそういうこと言ってたわねえ。

わけわかんない。口先だけでしょ。どうせ破るくせに。

うん、でもまあ、理屈は分かるのよ。人間て弱いもん。守れないからこその「誓い」だし、守る自信がないから、口に出して、周りに聞かせて、ついでに自分にも言い聞かせるってこと。

ワタクシは猫であります。

ええ、ホント。このヒゲにかけて。

この生活も、気に入ってるのよ。気ままな屋外生活も悪くない。風の吹くまま、気の向くまま。

そうそう、文字通り、今は風向き、大事よね。気をつけないと。あ、あんたには関係ないか。

そんなことないって？

影響する？　ふうん。そうなの。知らなかった。

ええ、そりゃあ、ちょっとは懐かしいなんて思ったりもするわよ。あの家、結構気に入ってたし、ずいぶん長いこと住んでたんですもん。

思い出すわ。

石造りの立派な階段。手すりの幅が広くって、あたし、あの上を通路にしてたの。階段を登り降りするよりも、体力使わないし。すべすべしてて、手触りも気持ちよかった。夏なんか、ひんやりしてて、そこでお昼寝したりしてさ。

踊り場に天窓があってね。あそこから差し込む午後の光がステキなのよ。遠くから聞こえてくる鐘の音もいい感じでさ。

ネズミ？

あそこ、あんまりいなかったのよね。初代の頃はネズミも獲ってたみたいだけど、いつだか大改装して、水回りをリフォームしたら、ほとんど出なくなったんだって。

あたしの代の頃には、まず見かけなかったなあ。

そりゃ、あいつらを「猫かわいがり」すんのは楽しいし、バリバリ尻尾まで食べるのもいいけど、正直、当時はあんなビンボ臭い連中はどうでもよかった。あたしはササミのほうがよかったしー。

あたしの部屋も、よかったのよ。天井高くて、立派な机があってね。いつも綺麗な花が飾ってあった。出入りの花屋さんがいて、この人、好きだったわ。いい感じに枯れたおじいさんでね。あたしにもオヤツ持ってきてくれたりして。季節ごとにいっぱい花があって。思い出すわ。白バラの香りがすばらしかったっけ。

音楽がどっかから聞こえてきて、白バラの香りを感じながら机の上でうとうとしてるの、最高。

おまえは楽でいいねえ。

おまえと代わりたいよ。

同居人は決まってそういうのよ。

あまりにみんな同じこと言うから、あたし、言ってやったわ。やればいいじゃない。あたしと同じように。

白バラの香りかいで、机の上でうとうとすればいいじゃないって。

もちろん、あたしがそう言ってること、分からなかったみたい。

ほんと、人間て進歩ない。あたしらはずうっと昔に人間の話してること理解できるようになったのに、あいつらはとうとう分からなかった。勝手に忙しがって、勝手に自分たちのことがんじがらめにして悩んでるくせに、言うにことかいて、おまえは楽でいいねえ、なんだもん。

いつも飽き飽きしてたわ。あまりにもおんなじ台詞ばっかりだったから。

そう、いつも同居人がいたのよ。あたしの部屋なんだけど、定期的に入れ替わるみたいでさ。

毎日通ってくるの、あたしの部屋に。朝八時に来て、あたしに挨拶。みんなにも挨拶。で、あたしの部屋の机に座って、何か作業してる。電話したり、書類読んだり書いたり読んだり書いたり。

ま、あたしの部屋に間借りしてるってことよね。それなりに気を遣ってくれたけど、時々機嫌が悪かったり、あたしに八つ当たりする奴もいたなあ。

そうそう、部屋の隅っこに箱があってね。

そこに、あいつら、お酒入れてた。そのうち、小さい冷蔵庫も運びこまれて、そこでお酒冷やしてる奴もいたわ。

お酒。

あれも分かんないわね。なんでわざわざ、あんなの身体に入れるのかしら？

他の人と喋ってる時はえらそーにしてるのに、一人になると、すぐにお酒。

あんまり変わらない人もいたし、毎回ぴったり同じ量飲む人もいたけど、荒れる人もいたなあ。どんどん独り言の声が大きくなってね。こりゃヤバイ、そのうち暴れだすなあ、と思うと、さっさと部屋を出ることにしてたわ。だって、あたしにまで罵声を浴びせるんですもの。

あたしの部屋に間借りしてるくせに、ちょっとヒドイでしょ？

なんだかツライらしい。たいへんらしい。だったら、やめればいいのにね。それこそ、のんびり机の上でお昼寝してればいいじゃない？

暑かったら日陰に移るし、寒かったら風の当たらないところに移動する。それが普通でしょ？なんでわざわざツライことするのかしら。ほんと、人間てよく分からない。

ワタクシは猫であります。

ええ、認めます。この一つ目の尻尾にかけて。

同居人、ずいぶん入れ替わったわ。長いこといる人もいたけど、だいたい数年で別の人になった。部屋に出入りする、その人の仲間みたいなのも入れ替わった。

変わらないのは、お花屋さんだけね、変わらなくてよかったわ。あのおじいさん、好きだったもん。

うん、正直言うと、古いほうの同居人はなかなかよかったと思うの。あたしの前のコもそう言ってたみたい。

どうもね、代替わりするにつれて、存在が軽いというか、つまんないというか、ヒトとしての厚みとか重みがないというか？

そんなふうになってったような気がするのよね。

同居人の質が下がってくのは、結構ツライものがあったわ。

そうよ、あたしだってツライこともあるのよ。

だって、あたしの部屋に通ってくるんですもの、いい奴のほうがいいじゃない？ 見苦しくなっていってこと、大事よ。あたしと二人きりになると、いきなり見苦しくなる奴なんて、見てるほうもイヤよー。

イヤだったのは、タバコスパスパ吸う同居人ね。あれはビョーキだわ。タバコに火を点けて、ちょっと吸って潰して、またすぐ次のに火を点ける。

タバコってのも分からないわねー。人間、どうしてああいう身体に悪いこと、するかしら？

破滅願望？　破壊願望？　そういえば、物壊す人もいたなあ。

アルコール依存症もいたわねー。冷蔵庫も箱もお酒ぎっしり。

あと、意外にイヤなのは、女連れこむ奴。

そりゃ、別に自然な行為だわよね、交接というか、まぐわいというか。動物なんだから、当然。

だけどさ、あたしの部屋なんだから、できれば一言断るのがエチケットってもんじゃない？

こそこそ入ってきて、いきなりガバッ、てのは勘弁してほしい。

最初はびっくりして、それこそ目が点になったわ。

なるほどー、人間には発情期がなくて、いつでもオッケーなんだってこと、噂には聞いてたけど、本当だったんだって、目の前で見せてもらって、ものすごい衝撃を受けたものよ。

だってさ、ドアの向こう側じゃ、そんなそぶりはぴくりとも見せなかったのよ？

なのに、ドアのこっち側に来たら、いきなりだもの。

あれ、どういう仕組みになってんのかしら？　あたしたちみたいに時期が決まってるほうが合理的だと思うんだけどなあ。

ま、どっちがいいかは別として、あんまし人様の行為を見せつけられるのって、キモチよくないんだよね。

しまいには慣れたけど――でも、あの時の同居人は、あとで、連れ込んだ女のことで、吊るしあげられてたみたい。なんでも、妻がいるのに、それ以外の女をいっぱい連れ込んでたらしい。

妻とか夫とかいうのも、よく分からない制度よね。だって、それもみんなツライらしいのよ。みんな暗い顔になるのよ。深刻だったり、大変だったりするらしいのよ。

だからさー、しつこいようだけど、ツライならやめようよって。


ワタクシは猫であります。

もちろん、事実なんであります。この爪にかけて。


いやあ、最後の同居人は最悪だったわ。

何が最悪かって、「あれ」を持ち出してきたことよ。

あたしが思うに、「あれ」を持ち出し始めてから、ぜんぶが変わってきて、今みたいになったんじゃないかって。

人間、いろいろ変なモノ作り出したし、理解に苦しむモノもいっぱいあるけど、それまでのところはなんとかなった。テキトーに聞き流して、はいはいと言ってればよかった。同居人ともやっていけた。

だけど、あれは。

あれは最悪の発明なんじゃないかしら。

なんだか分かる？　あんたにも分かるかしら？

知ってる？　「神」って奴。

あたしも結局それがなんなのか分からないけど、「神」って奴よ。なんだかやたらと「神が」

「神が」「神に誓って」「神かけて」とか言うの。

なんでも「神」のせい。

なんでも「神」のため。

なんだそうよー。

そう言うと、みんな黙っちゃう。反論しなくなっちゃう。どんだけエライんだか知らないけど、なんか、ものすごくエライらしい。

でもさ、おかしくない？

「神」だかなんだか知らないけど、それって人間の頭が作り出したもんでしょ？　しかも、頭の中にあって、誰も見たことないし、存在も証明できない。

しかも、いっぱい種類があるらしいの。みんなそれぞれ違う「神」を持ってて、自分の「神」だけがホントの「神」なんだって。

はあ、そりゃなんだって話よね。

「神」ってひとつじゃないの？　ひとつでなきゃ「神」じゃないじゃない？　人間のいうところの崇高な存在であるというのなら。

イメージは分からなくはない。

実際、人間には「神」が必要だったってのも分かる。

知ってるわよ、あたしだって。生きていくのがたいへんだってことは。

気ままな放浪の暮らし。風の吹くまま、気の向くまま。そう言えば聞こえはいいけど、ひとりで生きていくのが厳しいってことは、あたしだって分かってる。あたしたちは、自由を満喫してるけど、そのリスクだってちゃんと引き受けてるわ。最後は野垂れ死に。そのことも承知してる。だから、人間が「神」を作り出さなければならなかったことも分かるの。

だけどさ、最後の同居人の頃には、そうじゃなかった。「神」が目的じゃなく手段になってて、すべての責任を押し付けてた。「神」の一言でなんにも考えなくなった。

ひたすら「神」の大安売り。それってさ、最初に切実に「神」を作り出した時とは違っちゃってたと思うんだ。


ワタクシは猫であります。

はい。この二つ目の尻尾にかけて。


ええ、そうね。

そんなわけで、こっから先、あんまり話すことないわ。この状態、あんただって分かってるでしょ？

すべて「神」のせいだってわけで、すべては「神」のためだってわけで、あたしの同居人はなんだかすごいボタンを押したらしいのよ。これまで代々の同居人が持ってたけど、誰も使ったことのないボタン。これまでずっと、ボタンを使わないことの勇気が優先されてきたのに、この同居人は、「ボタンを使うことが勇気だ。俺はその勇気のある、ガッツのある、国を愛する人間だ」っつって、とっても自慢してたらしいわ。でもって、その同居人に拍手喝采する人もいーっぱいいたんだって。俺たちは「神」に守られている、祝福されている、って涙を流して喜んでいたんだって。

ま、いいんじゃない？

きっと、最後の同居人も、そいつに拍手した連中も、幸せなまんまで、一瞬にして昇天してったわけだし。

当然、自分がボタンを押したら、他の人も押すよね？　そのことは思いつかなかったみたい。

今ごろ天国で、望み通り自分の「神」と語り合ってんじゃないのかしら。


ワタクシは猫であります。

嘘じゃないわ。三つ目の尻尾にかけて。


でもって、みんな、いなくなったわ。

みぃんな。

あたしの綺麗な部屋も、季節ごとの花もなくなっちゃった。

ほんと、仕方ないわね、あの連中。実に理解に苦しむ存在だったわよね、あの人間て連中は。

自分で自分をがんじがらめにして、勝手に苦しんで、悩んで、八つ当たりして、タバコ吸って、モノ壊して。

ほんと、信じられない。

よくもまあ、あんな矛盾した性格で、長いことやってきたわよね。あたしたちもよくつきあってやってたもんだわ。

だけどね。

だけどさ。

ほんと言うと、あたし、嫌いじゃなかった。

時々すごく迷惑だったし、いつまでも進歩しないし、全然あたしの言うこと分かってくれなかったけどさ。

今でもたまに夢を見る。

踊り場の天窓を見上げてる夢。広い手すりの上でうたたねしてる夢。

白バラの香りを感じながら、机の上でまどろんでいるところ。

ああ、あんなステキな時間があったなあって。

あんなステキな時間を、あの連中と——いろんな人間たちと共有してたこともあったんだなあって。

今でもたまに思い出すの。

花屋のおじいさんや、鐘の音なんかを。

ワタクシは猫であります。

本当だってば。四つ目の尻尾にかけて。

あのさあ、いい加減、納得してくれる？

これだけあたしは猫だって言ってるんだから、そろそろ信じてくれないと。

だから、本当に猫だってば。尻尾が九本あるけど、猫は猫よ。

え？　猫の尻尾は一本のはず？

だからさ、最後の同居人が始めた戦争が終わったら、空気中の化学物質かなんかのせいでこうなっちゃったんだってば。あたしだけじゃないわよ。だけど、顔は猫でしょ？　いわゆる、普通の猫でしょう。

やれやれ、あんた、機械でしょ？

人間が最後のほうに造った機械だから、賢いはずでしょ？　ほら、ディープラーニングだかなんだかっていうんで、どんどん学習してるはずでしょ。

聞いたことあるわよ、人間はどんなに種類がいっぱいあっても、犬は犬、猫は猫と認識することができるけど、機械には長いこと無理だったって。

でも、あんたくらいになると、ちゃんと猫は猫って共通項でくれるんじゃなかったっけ。

へえ、そうなの。

さすがに、九尾の猫までは想定外だったって？

ふうん。昔、東洋の伝説で、九本の尻尾がある猫がいた。でも、あくまでも伝説だから、存在は確認されていなかったと。今、自分は伝説の存在を目にしていることに驚きを禁じえない、ってか。

へえ。

あんた、これからどうするの？

人間の歴史をまとめる？　それが、人間に作り出された自分の役割だ、か。

そうね。頑張ってね。

あたしも陰ながら応援してるわ。

ワタクシは——ワタクシは、猫であります。

そう。人間たちが名付けた、人間たちが言うところの、猫なんであります。

本当よ。

楽譜を売る男

真っ白いロビーの、大きなガラス窓の内側で、最初、その男は逆光になっていて顔はよく見えなかった。

都心の東側。建て替えて数年、という中規模のコンサートホールの内装は白一色で統一されており、まだ新しい印象で、どこか現実離れした空間に思える。

梅雨入りの予感はどこかにあるものの、爽やかな陽光の降り注ぐ季節である。

私は背もたれのないソファに腰掛けて、撮影した写真をチェックしていた。

ロビーは閑散としていた。

週末は混雑するのだろうが、平日の午後とあって、関係者らしき数人が、隅でボソボソと世間話を交わしている程度である。

四日間に亘って開かれている弦楽器のイベントで、現在ホールでは、学生に対するワークショップが行われている。

私は雑誌の取材で通っているが、すべてのイベントを見ているわけではなく、今は雑誌の編集者が来るのを待っているところだった。

取材に忙しかったので、落ち着いて周りを見回す余裕ができて、初めてその存在に気付いたのである。

何をしているのだろう。

ひとまず写真のチェックが終わったので、なんとなく立ち上がり、ぶらぶらと歩いてそちらに近寄っていった。

ロビーより少し下がったところにある、入口からまっすぐ進んだところにあるスペース。白いテーブルの上に、楽譜が並べられている。どうやら、楽譜を売っているらしい。テーブルの隅にパソコンが置いてあるのは、売り上げを記録するためか。金庫らしきものが見当たらないところを見ると、電子決済なのかもしれない。

曲ごとに楽譜が並べられているが、その高さにはデコボコがあって、曲によって冊数が異なるようだった。色とりどりの楽譜は、皆同じロゴが表紙に描かれていることから、同じ版元の楽譜と思われた。

その男は、置き物みたいに静かに座っていた。

四十歳前後の白人男性。白いTシャツの上に赤いチェックのシャツを羽織り、色の抜けたジーンズというラフな格好。

がっしり、ぽっちゃりした体型で、上背はそんなに高くないようだ。

明るい茶色の髪の毛。同じ色の髭が、顎を囲んで耳と耳とのあいだを繋いでいる。瞳の色も、薄い茶色だった。

売れるのだろうか。

それが素朴な疑問だった。

確かに、ヴァイオリンと比べればソロのための楽譜が圧倒的に少ないと言われる弦楽器のイベントだったので、ソロに特化した楽譜がまとめて売られる機会は貴重なのだろう。にしても、そもそもギャラリーが少ないので、目に留まるのかどうか。

どこの国から来ているのか分からないけれど、交通費と滞在費に見合うだけの売り上げが得られるのだろうか。

他人事ながら、余計な心配をしてしまう。

彼は、至って静かに、何をするでもなくじっとパイプ椅子に座っていた。

それもまた、私の目を引いた要因のひとつだった。

誰に咎められるわけでもなく、お客さんもいないのだから、彼くらいの年齢ならば、ずっとスマートフォンをいじっていそうなものだ。

手持ち無沙汰な時、今やほとんどの人はスマートフォンに見入っている。本当かどうかは知らないが、ニューヨークだったかどこだったか、地下鉄の乗客がほぼ全員スマホに見入っていて、車内で強盗があったのに気付かなかった、なんて話を聞いたことがある。

日本にいる海外からの観光客なら、不案内な土地でもあるし、ほぼ一〇〇パーセントスマホを見ていると言ってもいい。

しかし、彼はただ、並べた楽譜を前にして、ひたすら静かに座っているだけなのだった。

退屈している様子でもなく、売り上げの行方を憂えているようでもない。

ただ、座っている。

なんだか奇妙な心地になった。

この場所で、楽譜を並べてその後ろに座る。

そのこと自体が彼の目的のように思えた。まるで、何かのオブジェみたいに、「楽譜を売る男」というインスタレーションが、会場に置かれている。そんな気がしたのである。


翌日また会場にやってきた時も、既に「楽譜を売る男」は前日と同じ格好、同じポーズで同じところに座っていた。

相変わらず、きちんとテーブルに並べられた楽譜の山。

顔見知りになったスタッフに挨拶をするついでに、聞いてみた。

「あの方は、どこからいらしてるんですか？」

「アメリカですって。サマーシーズン、音楽祭とかワークショップがあちこちで開かれるから、そういうところを回っているそうですよ」

「へえー。世界中、ってことですよね？」

「ええ。このあとは中国に行くって言ってました」

「売れるんですかね？」

「買っているところを見た、という人がいましたけど」

どうやらスタッフも気になっているらしく、なんとなく声を潜めたのがおかしかった。

その日は金曜日とあって、前日よりは客も増えていた。

夜のガラ・コンサートはもっと混むだろう。そうすれば、もう少し楽譜も動くかもしれない。

余計なお世話と知りつつも、楽譜が売れてほしいと願っている自分に気付く。

アメリカ。北米だろう。とても遠いし、交通費も高い。日本に来た甲斐があると思ってくれるといいのだが。

例によって、彼は泰然とその場に座っていた。

まるで世間の動きなどどこ吹く風といった様子である。

彼の周りだけが、不思議な静寂に包まれ、別の空気が流れているようだ。

静かに座っている彼の姿を目にしているうちに、あらぬ妄想に耽った。

彼は、幸福なのかもしれない。

今の彼の頭の中には、ずっと弦楽器が鳴っている。この無音のロビーの中にいても、彼の中には音楽が鳴り響いているのだ。

彼はじっと建物の中に目を向けているけれど、彼の背後、窓の向こう側に揺れる新緑の中にも音楽を感じているのかもしれない。地面に降り注ぐ日の光を感じているのかもしれない。

そう、彼は音楽を売っている。

自分の目の前には、素晴らしい曲が並んでいる。彼の頭の中には、すべての曲が入っていて、楽譜の隅々まで思い浮かべることができる。

彼の頭の中では、自分が売る楽譜の曲が詰まっていて、いつでも演奏することができる。どこからでも再生可能。シャッフル演奏もできるし、一部を繰り返すことだってできる。

あの静かな目、満ち足りた沈黙。

けれど、彼の頭の中では豊かな音量で音楽が流れている。

もしかすると、彼の目に浮かんでいるのは喜悦だろうか？　恍惚だろうか？

ふと、私は、彼が羨ましくなった。

遠い国からやってきて、東京の片隅の静かなコンサートホールのロビーで、一人充足し、寛いでいる彼のことが。

情報中毒――あるいは中毒のあまり情報乞食になっている現代社会。

誰かがどこかで得をしているのではないか、自分だけが取り残されて損をしているのではないか、と渇きと焦燥に追い立てられている世界。そんな過剰な情報の海に溺《おぼ》れ、遭難している世間の人々から離れて、一人豊かな世界に遊んでいるように見える彼が、心底妬《ねた》ましく、羨ましかった。

コンサートホールの中では、演奏が行われている。演奏するほうも、聴くほうも、外界と遮断された世界で音楽に浸っている。

しかし、一歩ホールを出れば、ステージを降りた演奏者も、客席から出た観客もすぐに携帯電話のスイッチを入れる。もはや、外部と遮断されない限り、音楽に浸ることすらできないのだ。

メールの着信音が鳴り、ギクリとする。

情報の奴隷という意味では、私もなんら変わりはない。

苦笑しつつ、メールへの返信を打ち始める。


三日目ともなると、もはや彼の姿は会場の設備のひとつのように感じられた。

相変わらず、そんなに客が来ているとも思えない。

そっと近寄り、遠慮がちに楽譜をめくってみている客に対し、男は相変わらず泰然と、仏像のような微笑を浮かべて眺めているだけで、積極的に売りに出る、という気配は微塵も感じられないのだった。

「昨日は売れたんでしょうか」

「あ、目撃者が複数いました。買ってる人、けっこういたみたいです」

スタッフとの会話も、すっかり馴染みになってしまっている。

「今日はシャツが違う」

「ほんとだ。でも、昨日着てたシャツと色違いじゃないですか？」

彼を気にしている人は結構いるらしく、誰々さんが、大量に楽譜を買いこんだお客さんを見たそうです、という話を聞いた。

「楽譜の版元の人なんですかねえ」

「分かりません。我々も忙しいんで、なかなか話しかける機会がなくて」

それでもいいじゃないか。

私はそんなことを思った。

そう、彼はもはや風景の一部。

音楽する場所にいつもいる、「楽譜を売る男」という名のオブジェ。彼の姿そのものが、「音楽する」景色の象徴。名誉オブジェみたいに、世界中を旅しながら展示されている。

彼の前に、金属でできたプレートが置いてあるところを想像する。

私はニヤニヤしながらその姿を眺めていた。

土曜日のマチネとあって、徐々にお客さんが増えてきている。

それでもなお、「楽譜を売る男」の周りだけが、不思議な静寂と自足感に溢れているのだった。

四日目、イベント最終日。

会場は盛況だった。

私は、イベントに参加している演奏家たちの座談会を開き、まとめることになっており、午前中から仕事に追われて、あたふたと時間が過ぎた。

スタッフたちも片付けに入り、あっというまに夕暮れどきになってしまった。

昼食を摂る暇もなく、早送りされたような慌しい一日が過ぎて、ようやくテンポが緩んでゆっくりと呼吸できるようになった頃、ロビーで再び写真をチェックし、何か聞いておくこと、撮影しておくべきことが残っていないか考えていた時である。

ふと、あの男が動いているのが視界の隅に入った。

彼は、楽譜を片付けていた。

テーブルの上を片付け、楽譜を重ね、ビニール袋に入れてスーツケースに仕舞いこんでいる。

なんだか、彼が動いているところを見るのは初めてのような気がして、なんとなくその様子を眺めていた。

そうか、彼も引き揚げるのだ。次は中国に行くと言っていたっけ。テーブルの上の楽譜はかなり減っているように見えた。よかった、初日はどうなることかと思ったが、結構売れたに違いない。

在庫の補充はどうするのかな、と余計なお世話だが気になった。それぞれの国に、前もって送っておくのだろうか。

パイプ椅子を畳み、テーブルの下に寝かせて置いた。割に几帳面な性格なのだと今更ながらに気付く。そういえば、テーブルの上の楽譜も、いつもきちんとズレなくまっすぐに並べてあったっけ。

スーツケースを持ち、彼はスタッフに声を掛け、和やかに談笑を始めた。思えば、彼が喋っているところを見るのも初めてのような気がする。

会話している彼の印象は、意外にざっくりした、気取らない雰囲気だった。

胸ポケットからスマートフォンを取り出し、指さして首をひねっている。

やがて、「バーイ」と手を振って、彼は会場を後にした。

彼を見送るスタッフに声を掛ける。

「お疲れ様です。楽譜、結構売れたみたいでよかったですね」

振り向いた彼女は「ああ」と笑った。

「ええ、昨日と今日でずいぶん売れたそうですよ」

「これで、日本に来た元が取れますね」

「さんざんな東京滞在だったけど、売れたからよかったって言ってました」

「さんざんな？」

聞き返すと、彼女は苦笑した。

「東京に着いて早々にスマホを落として、故障しちゃったんですって。すぐに修理に出したんだけど、完全には直らなかったって」

「そうだったんだ。だから、スマホ見てなかったんですね」

胸ポケットから出して、首をひねっていた姿が目に浮かぶ。

「しかも、最初の晩に食べた居酒屋の貝に中《あた》って、ずーっとお腹を壊していて、ロクに食事を楽しめなかったって。何食べてもおなかがくだっちゃうんで、ほぼ絶食状態で、なるべくじっとしてたんですって」

「まさか」

私はあっけに取られた。

あの静かな目は。深遠な沈黙は。

腹くだしのせいだったというのか？

いや、でも、楽譜は売れた。彼の音楽は、素晴らしい曲は、確かに売れたのだ。本来の目的は達成できた。

「しかも彼、友人の代理でバイトで来たんだそうです。ああ見えて、まだ二十代ですって。てっきり四十くらいかなと思ったのに」

私の妄想など知らないスタッフは明るく続けた。

「たいへんでしたね、東京に少しはいい思い出持って帰ってくれればいいんですけどって言ったら、スマホは元に戻らないし、動けなくて大変だったけど、ずっとじっくり修士論文のことを考えられたんで、退屈はしなかったし、有意義だったって言ってました」

「修士論文？」

「経営学かなんかの論文らしいです。大学院生ですって。クラシックは全然詳しくないそうです。

楽譜も読めないよって苦笑してました」
楽譜を売る男。
この瞬間、それは本当に私の妄想の中だけの、名誉展示となったのだった。

柊と太陽

今日のハセベの夕飯は「日本の郷土食シリーズ・秋田県」だった。単調な生活に少しはサプライズ感を与えようとしてくれているのか、レトルトパックの見た目では中身が分からないようになっている。

隣でストレッチをしているヨシダがハセベの手元を覗き込み、「おっ、秋田県ですか」と呟いた。

「おまえはどこだった？」

発熱させるための紐を引っ張り、夕飯を温めながらヨシダに尋ねると、「愛知県でした」と答える。

ヨシダは狭い穴の中で器用に身体を折り畳みながら、順番にあちこちの筋を伸ばしている。今はアキレス腱だ。

「愛知県だと中はなんだ？」

「ひまつぶしです」

「それを言うなら、ひつまぶしだろ」

このレーションは、温めても極力湯気が上がらないようになっている。むろん、野外で目立たないようにするためだ。

「秋田県」の中身はきりたんぽだった。

大学時代の友人に秋田県出身の奴がいた。彼の下宿できりたんぽ鍋を振舞ってもらったことがあるので知っているが、きりたんぽはいったん鍋に投入すると、おつゆを吸ってどんどん成長していく。急いで食べないと、鍋じゅうぎっしりきりたんぽ、ということになってしまうのである。

ハセベは元々早食いだが、この詰所の担当になってますます早くなった。目の前のきりたんぽは小さいサイズだったが、温めた地鶏のスープを吸って巨大になる前に、さっさと胃袋に収める。身体が温まったし、なかなかおいしかった。腹持ちもよさそうだ。

満足しながら、もう一度ラベルの表示を見る。

ひょっとして、「日本の郷土食シリーズ」は、四十七種類あるのだろうか。

「これ、東京都もあるのかな」

「さあ。まだ見たことがありません」

ヨシダが首をかしげた。

「東京の郷土食ってなんだ？」

「江戸前鮨とか」

「さすがにレトルトにはできないだろう」

「あるいは蕎麦」

「それも難しそうだな」

「よく考えると、県によっては何を選ぶか気になりますね。北海道だったら、蟹もあるしジャガイモもあるし、とうもろこしもあるし、ホッケもあるし。あ、全部合わせてコロッケにするという手がありますよ」

「水面下で入札に熾烈な戦いがありそうだな」

交替で早めに夕食を済ませたので、二人で再び位置につく。

まばらな林はあるが、見渡す限りの野原である。

風がないのがありがたかった。

「えっと、そういえば今日って、祝日でしたよね」

ヨシダがふと思い出したように言った。

ここに来てから、曜日の感覚がなくなっている。ましてや、祝日も平日もない。だが、今日が祝日なのはハセベも覚えていた。

「冬至祭だよ。一陽来復、ってやつだ」

「なんですか、それ」

いちようらいふく、という平仮名がヨシダの頭に浮かんだのが見えたような気がした。初めて聞く単語なら、意味は分からないかもしれない。

「聞いたことないのか？　これから一日一日、陽が長くなってくって意味さ」

「へええ。そんな言葉があるんですか。先輩、物知りですね」

ヨシダは尊敬のまなざしでハセベを見る。

ヨシダはどちらかというと老け顔なので、あまり年齢を意識してこなかったが、こうしてみるとまだあどけない。もしかすると、十歳以上歳が離れているのかも。ハセベは自分が年寄りになったような気がした。

「そんなことないさ」

ハセベは自分の掌に向かってはあっと息を吐いた。息が白い。

手袋はしているのだが、それでもじっとしていると指先が冷えてくるのだ。

冬の陽射しは、あっというまに傾き始めている。

既に気温が下がりだしていたが、陽射しが消えたら一気にがくんと下がるだろう。

「でも、不思議ですね。今年の冬至は十二月二十二日じゃないですか。っていうか、冬至って毎年だいたいその頃ですよね。どうして当日にやらないんですかね？　なんで十二月二十五日にやるんですか？」

ヨシダの目は真剣である。

「そんなこと、考えてみたこともなかったな」

それがハセベの率直な気持ちだった。

祝日は、日曜日以外の休みの日。そうとしか考えたことがなかった。正直、由来などどうでもよかった。大人になると、仕事が忙しくて、暮れに一日営業日が減ると面倒だ、と思ったことはある。それでも社会人になってからも、なぜその日が休みかなどと考えたことはない。

「しかも、夏至は休みじゃないでしょう。どうして冬至は休みなんです？」

ヨシダの素朴な疑問は続く。

「いや」

彼は言い直した。

「逆に、どうして夏至だけ休みじゃないのかなあ。春分と秋分の日も休みなのに、夏至だけ仲間外れだなんて」

どうやら、夏至がのけものであることに対して義憤を感じている様子である。

「春分と秋分は、要はお彼岸てことだろう。墓参りのための休みだよ」

ハセベは考えながら答えた。ついさっき「物知りですね」と言われた手前、何か説明しなければなるまい。

「冬至は、そりゃいちばんめでたいだろう。太陽信仰というのは、いちばん古い信仰の形だからなあ。この日を境に太陽が復活する冬至は、世界中で祝われてきたわけだし。だけど夏至は、これから日が短くなるんだと思うと淋しいだろ。あんまりめでたくないから、祝う気もしないんじゃないか」

我ながら、なんという拙《つたな》い説明だろうと思った。「淋しいから」では説明になっていない。子供じゃあるまいし。だが、ハセベはそれくらいしか理由を思いつけなかった。

案の定、ヨシダも腑に落ちない顔をしているが、一応年上を立ててくれているのか、不満は口に出さなかった。

「僕、冬至祭って、子供の頃から納得できなかったんです」

ヨシダは告白するように呟いた。

「そもそも、なんなんですか、あの真っ赤な服着た老人は。あれって冬至に関係あるんですか？」

「きっと太陽の象徴だろう。日本で古くから祝ってる還暦祝いと習合したとも言われているぞ」

「だけど、どうして靴下に土を詰めて襲い掛かってくるんですか？　あれも太陽と何か関係が？」

「なまはげみたいなもんだろう。やっぱり、土俗的なものと結びついたんだ。もしかしたら、七福神の影響もあるかもしれんな。布袋《ほてい》様とか、寿老人《じゅろうじん》とか」

正直言うと、かつてハセベもヨシダのような疑問を感じたことはあった。

赤い服を着て、白い袋を背負った老人が、冬至祭の夜に家に侵入してくるという習慣は、とても不条理で恐ろしかったのだ。

悪面《あーめん》！　悪面《あーめん》！

悪い子はいねがーっ。

そう叫びながらやってくる「三田《さんた》」と呼ばれる老人は、実は三代に亘って田畑に実りをもたらす、縁起のいい来訪神だという話を祖母から聞かされた時は驚いたものだ。靴下に詰めた土は、肥沃な大地を表すという。

しかし、あの「あーめん」という叫び声はただただ恐ろしかった。あの声を聞いた時の心臓がきゅっとする感じは、今も胸に焼き付いている。

だけど、殴らなくたっていいと思うんだけどなあ。

ハセベの家では、「三田」は母方の祖父が演じることに決まっており、祖父はいつもへべれけに飲んでから「三田」を演じるので、ぎっしり土を詰めた靴下で殴られるのは些か危険であった。

「三田」に殴られるのは幸運だというし、たいがいは手加減してくれるのだが、たまに本気で殴る時があって、一度、何か不満でもあったのかハセべの父を手加減なしで殴り、怒った父と本気で乱闘騒ぎを起こしたことがあったのである。あの時は、警察を呼ぶ騒ぎになり、とても冬至祭どころではなかった。

「玄関に柊の丸い輪っかを飾るのは？」

ヨシダの疑問は続いた。

「魔除けだろ。節分の時だって、イワシの頭と柊を飾る」

「でも、『三田』は家に侵入してきたほうがいいんでしょう？　なんだか矛盾してるんですよね え、入ってこいと言ったり、入ってくるなと言ったり、いろいろ」

「習合っていうのはそういうもんさ。土地土地の風習と混ざりあって、もう起源が分からなくなっちまってるんだろう」

「実は、うちの母は高校の歴史の先生なんです」

ヨシダは、誰も聞いている者などいないのに、声を潜めた。

「へえ、それは知らなかった」

ハセべも釣られてひそひそ声になる。

「母から聞いたんですが、冬至祭にはいろいろと謎があって、元々は西洋の行事だったのが、日本にも浸透したんですってね」

「へえ。よくそんな資料が手に入ったな。『再鎖国《だめまた》』以前のことは、なかなか分からないといわれてるのに」

「あ、これは内緒にしておいてください。うちの先祖はかつて『御宅《おたく》』と呼ばれた、アンダーグラウンドの研究者だったらしいです。うちに代々伝わる資料がありまして」

「おい、それって大丈夫か」

「大丈夫です。学術目的ですし」

二人は一層声を潜めた。

「僕もゆくゆくは大学に戻って、母の後を継いでうちの資料を調べたいんですけどね」

「おまえ、歴史学科の学生だったのか」

「はい。早いうちに兵役、済ませとこうと思いまして」

「そうか。それもいいだろうな。俺みたいに、仕事で左遷されたのを機に来るよりはずっと。第一、俺は会社に戻っても席があるかどうか」

ハセベが遠い目をするのを見て、ヨシダは気まずそうに目を逸らした。

やがて、気を取り直したように顔を上げる。

「で、話は前後しますが、母が言うには、十二月二十五日の冬至祭は、本来、もっとおどろおどろしいものだったらしいです」

「おどろおどろしいとは？」

ハセベは思わず聞き返す。

太陽の復活を祝う冬至の祭と「おどろおどろしい」という言葉は似つかわしくなかったからだ。

「つまりその——異端といいますか、密教系といいますか。母は『邪教』という言葉を使っていましたが」

ヨシダは言いにくそうな表情になる。

「邪教？　冬至祭なのに？」

ますます分からない。

「それがその――記録によると、かつて日本では十二月二十五日の前日に、高価なお供えをする習慣があったようなんです」

「お供え？　餅とかじゃなくて？」

「いいえ。金、銀、プラチナなど、宝石や貴金属の類ですね。こういったものを購入し、その晩は男女が――その、儀式を行うらしくて」

ヨシダは咳払いをした。

「儀式？　なんの？」

「ええと、まぐわいと言いましょうか、交接と言いましょうか」

ハセベは一瞬面喰らい、続けて笑い出した。

と自分の口を押さえ、きょろきょろと周囲を見回す。むろん、人っ子一人いない、がらんとした野原である。

「おっと、まずい」

「久しぶりに聞いたな、その単語。若いのによくそんな単語知ってたな」

「はあ」

ヨシダは苦笑する。

ハセベは腕組みをした。

彼の脳裏には、火を焚いた洞窟で裸の男女がもつれあう、酒池肉林の光景がぼんやりと浮かんでいた。確かに、カルトっぽいイメージだ。

「ふうん。かつてこの日は、みんな子作りに励んでいたと。もしかすると、この日に励むと子供が授かるという信仰があったのかもしれないな」

冬至を境に、太陽のパワーが復活する。その力を引き寄せ、子孫繁栄にあやかろうとするのは、ごく自然に思える。

「そうかもしれません。しかし、母の口ぶりでは、些か常軌を逸した信仰だったようです。特に、二十世紀末には終末思想も手伝い、より多くのお布施を供えたとか。だから、何か西洋から異端の信仰が入ってきたのではないかと」

「冬至祭の名に隠れて、か」

「母はそう考えているみたいです」

ますます謎は深まる。

「そうそう、『きよひこ』という名前をご存知ですか？」

ヨシダは思い出したように顔を上げてハセべを見た。

「『きよひこ』？　誰だ、そいつは」

初めて聞く名前である。

「もしかすると、それが信仰の対象だった可能性があると母が言っていました」

「日本人なのか？」

「分かりません。しかし、かつてはこの日の夜、みんなが歌を歌っていました。その曲は、西洋から入ってきたようなのです。今はタイトルしか残っていませんが、それが『きよひこの夜』という人物を大いに誉め讃える歌だったとか」

「へえ。そいつは初耳だ。太陽神を指すにしては、ちょっとニュアンスが違う気がするなあ。てるひことか、ひかるとか、そういう名前を付けそうなもんだが」

「僕もそう思います。ですから、逆に、そういう名前を付けたということは、具体的に誰か特定の人間がいて、その人物を崇めていたのではないかという気がします」

「面白いね。謎の『きよひこ』か」

ハセベはがらんとした無人の野原を見渡した。

そこまで民衆に崇められた人物とは、いったいどんな人物だったのだろうか。

「きよひこ」という名前の感じから、穏やかな顔をした日本人を連想する。

しかし、顔のところはぼんやりとしている。

きよひこ。清彦、と書くのだろうか。それとも紀世彦か。

「きよ彦」と漢字と平仮名を併用するのかもしれない。

「あの、僕の推理を聞いてもらえますか？」

ヨシダが改まった声で呟いた。

「もちろん」

ハセベは頷いて、腕時計を見た。

次の交替時間までしばらくある。

辺りはどんどん日が暮れて、すっかり暗くなってきた。

明かりが地上に漏れないようにして、足元のランプを灯す。

「僕は、例の『三田』と『きよひこ』は同一人物なのではないかと疑っています」

「ええっ？」

ハセベは思わず叫んでしまい、慌てて自分の口を押さえた。

「なんだってまた。あんな年寄りと、『きよひこ』が同じ人物だというのかい？　つまり、『きよひこ』が歳を取って『三田』になったってことなのかな？」

「いえ、違います」

ヨシダは即座に否定した。

「じゃあ、同一人物とはいえないじゃないか」

ハセベがそう指摘すると、ヨシダはもう一度首を振った。

「僕が言いたいのは、『きよひこ』と『三田』は、同じ人物を表しているということです。同じ人物を見て、ある時代の人々はそれを『きよひこ』のような人だと思った。また別の時代の人々は、『三田』だと思ったということです」

「それって同じことじゃないの？」

「ちょっと違います」

「源義経がチンギス・ハーンになったのとは？」

「ああ、むしろそっちのほうが近いかもしれません」

ヨシダは小さく頷き、正面を向いたまま話し始めた。

「それがどこから始まり、どこからやってきた信仰なのかは分かりません。ただ、元々は、強烈なカリスマ性を持った人物がいた――『きよひこ』の名が示すように、清々しい、オーラのある人物がいたんだと思います。その人物の周りに人が集まり始め、やがて集団を作る。まさしく、太陽みたいな人だったんでしょう」

ヨシダは緊張したような面持ちで、小さく咳払いをした。

たぶん、自説を披露するのは初めてなんだな、とハセベは思った。

ヨシダはぐるりと周りを見回した。

淋しい荒野であるが、まるでそこに目に見えない聴衆がいるかのようだった。

「その人物を中心に、集団ができていきます。ある程度の大きさになり、恐らくは、その地域では無視できないほどのグループになっていったんだろうと思われます。当然、周囲とは摩擦が起きたでしょう。きっと時の権力者たちからは、迫害されるということもあったんじゃないでしょうか」

ハセベは、じっと耳を澄ます人々を暗がりの中に見たような気がした。

ヨシダは、淡々と話し続ける。

「特定の宗教が、土俗的な宗教と習合するというのは、世界のどこでも起きたことだろうと思います。日本だって、神道と仏教だけでなく、古くからの民間信仰が混ざりあって現在に至っていますし。だけど、今回の『きよひこ』の場合、僕は冬至祭と習合した理由は、ひとつしか考えられませんね」

「なんだい？」

ハセベは控えめに口を挟んだ。

「たぶん、その人物は、一度死んで復活したんじゃないかと思います」

「はあ？」

ハセベはぽかんと口を開けた。

ヨシダは小さく笑い、手を振った。

「もちろん、本当に復活したのかどうかは知りませんよ。物理的に、そういうことが起きるのかどうかは分かりません。だけど、仮死状態だった人が復活した例は古くからたくさんありますし、決して突飛な発想ではないと思います。とにかく、本当かどうかはともかく、『きよひこ』は一度死んで復活した。そう思われていた。もしくは、そういう事実が、広く人々に知られていた。それだけでじゅうぶんなんです。『きよひこ』イコール『復活』というイメージが浸透していれば」

「ははあ」

ハセベは、なんとなくヨシダの言いたいことが分かってきた。

ヨシダの頬に、ぽうっと赤みが差した。

話しているうちに、興奮してきたようである。

「そして、現実の世界では、『きよひこ』と似たような自然現象がありますよね――はい、冬至です。太陽の復活です。世界の中心たる存在が、力を取り戻す。西洋の緯度の高いところでは、日本よりもずっと夜が長いですから、より切実に太陽の復活が熱望されていたことでしょう。つまり、『きよひこ』は二重の意味で太陽になぞらえられたのです」

最初はおずおずとしていた彼の声に、だんだん力強さが漲《みなぎ》ってくる。

「だから、僕が思うに、ずばり十二月二十五日は、『きよひこ』の誕生日だったんじゃないでしょうか。それが、どちらの意味で『生まれた』のかは分かりません。文字通り誕生した日だったのかもしれないし、一度死んで『復活』した日だったのかもしれない」

「あるいは、別にこの日でなくたって構わなかったんです。冬至の日と前後する、冬至を連想させる日にちであればよかった。ああ、この日にあの方は生まれたんだ、あの方もこの日に復活なさったのだ、と考えさせればいい。むしろ、深読みすれば、冬至の日とぴったり重ならないほうがよかったのかもしれません。冬至と重なってしまえば、『きよひこ』の誕生日は冬至に隠れてそんなに注目してもらえない。だったら、冬至は冬至で祝ってもらって、この日は『きよひこ』だけを祝う日にするんです。そのほうが語り継がれるには効果的ですからね」

「そんなふうにして、『きよひこ』と冬至は一体化して、広く、長く、人々の記憶に残ることになったんです。十二月二十五日を『きよひこ』の誕生日とした人たちの思惑は、見事成功したことになります」

「『三田』がいつ登場したのかは分かりません。元々の『三田』は、さっきハセベさんが言ったように、太陽神の象徴だったと思われます。赤い衣装を身に着けているし、なんでも、鹿に乗って空を飛ぶという伝説もあったようですから、まさに空を移動する太陽を表してきたのでしょう。これは、『きよひこ』とは異なる、それぞれの土地にあった冬至のシンボルだったのだと思われます。しかし、『きよひこ』が冬至と一体化していったということは、『きよひこ』は『三田』とも一体化していったということになります。やがては、西洋でも『きよひこ』と『三田』のイメージは、分かちがたく結びついていったのだと思われます」

「さて、『きよひこ』の信仰は、流れ流れて東洋の国、日本までやってきた。もちろん、『きよひこ』と冬至祭は、日本でも一体化して伝えられてきました。そして、日本の土着の民間信仰である、なまはげや田植えの神様などと、『きよひこ』及び冬至祭は少しずつ習合していきます」

「昔の日本で、男女が『きよひこ』の誕生日の前夜に子作りに励んだのは、根っこの部分で、『きよひこ』の子供が欲しい、という望みがあったのではないかと思われます。『きよひこ』になりたい。『きよひこ』の子孫を増やしたい。そういう願いがあった」

「子孫を増やしたい。それは、すなわち、豊穣でありたい、という願いと同じです。田畑に多くの種を蒔き、実らせたい。作物の子供をどっさり増やしたい。そういう願いです。ましてや、日本人は大部分が農耕民でしたから、誰もが共通して抱いている願いだったことでしょう」

「ここから、日本人は布袋様や大黒様、寿老人といった福の神と『三田』をだぶらせていくようになります。『三田』は『きよひこ』と太陽神の両方を象徴していますが、そこに日本人の抱く福の神が習合していくのですね。それは、長い年月をかけて完成していきます。『三田』という名前を見てください。三代続く、沢山の田んぼという字を当てていますが、沢山産む――『産多』という字を当てることができます。まさに、日本人が望んでいる神になったのです」

「僕は、『三田』が手に持っている靴下、土を詰めてみんなを殴るという行為は、恐らく日本で出来た慣習ではないかと思っています。なぜかというと、土を詰めた靴下は、僕は稲妻を表していると考えたからです」

「稲妻？」

いっしんに聴き入っていたハセベは、そこで思わず繰り返した。

ヨシダはハセベを振り向き、こっくりと頷いた。

興奮し、自信に満ちた顔。

「はい。西洋では雷、いかずち、ということになるんでしょうが、日本ではよく『稲妻』と言い表してきましたね。なぜ『稲の妻』という字を当てたかというと、日本では、夏場の雷雨が多い時季を迎えると、稲が実るからです。つまり、稲妻が土に突き刺さり、大地を孕ませて作物が実ると考えられていたんですね。だから、『三田』が手にしているのは稲妻であり、みんなを殴ることによって、みんなに作物を実らせる。だから、こういう慣習が生まれたんでしょう」

「つまり、日本では、『三田』は太陽であると同時に、豊穣神になったということになります。元は『きよひこ』であったにせよ」

ヨシダは、大きく溜息をついた。

「以上が、僕の考えた十二月二十五日が祝日になった理由です」

ハセベは小さく拍手をした。

すると、それまで堂々としていたヨシダが、急に照れたようになり、我に返ったように真っ赤になった。

おどおどと周囲を見回し、「なんか、僕、恥ずかしいことしましたね」と呟く。

「いやいや、面白かったよ」

ハセベは、ヨシダの興奮が乗り移ったかのように、自分も上気しているのに気付いた。

気温はどんどん下がっているはずなのに、身体が内側から温かい。

「ふうん。今日は『きよひこ』の誕生日、か。なるほどね。冬至祭の日ではなく、ね」

ハセベは独り言のように呟いた。

「あっ、交替の人が来ましたよ」

ヨシダが遠くから近付いてくる車に気がついた。

明かりは点けていない。赤外線カメラで地面を見ているのだろう。

少し離れたところで車を降り、交替の二人が近付いてくるのが見えた。

「お疲れ様でした。国境警備見張り、交替します」

塹壕《ざんごう》を出て、敬礼する。

お互いに低く挨拶する。


滅理《めり》、来衆益《くるしゅまし》し！

滅理、来衆益し！


ヨシダがぽかんとして、ハセベを見ていた。

交替の二人が塹壕に入るのを見届けて車に向かって歩きだすと、ヨシダがハセベに耳打ちした。

「今の挨拶、なんて言ってたんですか？」

「ああ、あれは、今日だけ使う挨拶だよ。昔から言われてたらしい」

ハセベは空中に、漢字で字を書いてみせた。

「いつも空で輝き、今日を境に輝きを増す太陽のように、小難しい説教は抜きにして、衆生に利益が来ますように、という、仏教のお坊さんが言った、ありがたい言葉らしいよ」

「へえー。そうなんですか」

ヨシダは感心したように頷いている。

「ハセベさん、滅理、来衆益し」

そう声を掛けられ、ハセベも同じ言葉を返す。

「ヨシダ君、滅理、来衆益し」

二人は車に乗り込み、すっかり暗くなった草原を、宿舎に向かって一直線に走ってゆき、やがて見えなくなった。

はつゆめ

ＹＯＫＯＨＡＭＡ。

その、Ｏ、Ｏ、Ａ、Ａ、と続く母音の響き。

なぜか繰り返しその名を呟いていると、小さな寄木細工の箱が目に浮かんでくる。

「ヨコハマ」という字には「ハコ」の字が入っているからだろうか。

その小さな箱を振ってみる。中に何かが入っているらしく、からからと乾いた音を立てるが、中身を確かめようとしても、箱を開けることができない。どうやらそれはからくり細工でできているらしい。

そう、確かにヨコハマはからくり細工の箱だ。見た目は綺麗で表面は滑らか。けれど、中には謎が詰まっていて、どこに扉があるのか分からない。

「わたしたち」はヨコハマでしか、交差しなかった。どちらかがヨコハマにいなければ、「あれ」は起こらなかった。「あれ」にいったいどんな理由があったのか、どういう仕組みだったのかは、今となってはもはや不明だ。

「わたしたち」はそれを単に「ゆめ」と呼んでいたのだが——彼もそれを「ゆめ」と呼んでいたのは偶然だった。確かに「ゆめ」としか形容しようがなかった。

発端はいつからだったのだろう。

思い出そうとしてみるのだが、よく思い出せない。子供の頃からだったような気もするし、割と最近のような気もする。

いや——やはり子供の頃からだったのだろう。

私は空想好きな、一人遊びの得意な子供だった。

そして、しばしば「あれ」は起きた。

今でもうまく説明できないのだが、時折、はっきりとどこかよその景色が浮かぶのだ。

パッと、視界いっぱいに景色が現れる。

庭で遊んでいても、部屋にいても、目の前に広がるのだ。

それは、なんとなく海に近い場所のような気がした。

遠くに大きな船らしきものが見えたり、ちらりと海が見えることもあったからだ。

あっ、海だ。海だね。

急にそんなふうに叫びだす私に、両親はびっくりしていた。空想に夢中になって、現実とごっちゃになっているのだ、と思っていたようだ。

それは不意に目に浮かぶ。どちらかといえば、何かに集中している時よりも、ぼんやりしている時に起きた。

あっ、観覧車だ。おっきいね。

そんな景色が目の前に浮かび、声を上げたことがある。

家族で電車に乗っている時だったので、みんなが慌てて外を見たが、ただのビル街が続いているだけで、声を上げた私を皆がけげんそうに見たのを覚えている。

両親も顔を見合わせ、気味悪そうに私を見た。

そんなことが何度か続いて、病院に連れていかれたこともあった。むろん、どこにも異常がなく、「そういう景色が見える」と言っても信じてもらえなかった。

今にして思えば、虚言癖を疑われていたのだろう。私が実際に「目にして」いたものを口に出していたとは誰も考えなかったのだ。

確かに、今の私でも、子供がそんな話をしたら信じなかっただろう。

やがて、そのことを口にすると両親が不安そうな顔をするのがイヤで、だんだん口にしなくなったが、やはり時々「あれ」は起こった。

私が何も言わなくなったので、両親は「治ったのだ」と安堵していた節があるが、実際のところは、成長するにつれて、映像はいよいよはっきりしてきた。

それに、かつてはほんの一瞬、せいぜい二秒から三秒しか続かなかったのに、中学に上がった頃には、もう少し長く見ていられるようになったのだ。

ある日の通学路に見たものは、今でもよく覚えている。

パッと浮かんだのは、異様な建物だった。

なんだろう、これ？

その外観があまりにも異様で、私は立ち止まってしまった。

坂道の途中で私が急に立ち止まったので、後ろを歩いていた他の下校中の生徒が「わっ」と驚いて、ぶつかったのを記憶している。

それでも私が動かないので、ぶつぶつ文句を言いながら追い越していったが、私は目の前に浮かんだ光景に気を取られていた。

石造りの、古い建物だ。どうやら廃墟らしく、なんともいえぬ虚無感が漂っている。

それは、あとで競馬場跡だったと知ることになるのだが、その建物の外観は強烈な印象を残した。

そして、この時、直感したのだ――いったい、自分が見ていたものがなんなのか。

不思議なことに、この時まで、実はきちんと考えてみたことはなかった。

自分が嘘を言っていないことは知っていたし、自分はちゃんとさまざまな景色を本当に「見ている」と分かっていたものの、「あれ」がいったい何なのか、深く考えてみたことはなかったのだ。たぶん、自分が異常であると認めるのが怖かったのだろうし、同時に、ずっと当たり前に「あれ」を経験してきたので、考えるよりも前に慣れてしまっていたのだろう。

だが、この時、私は初めて気付いた。

私が見ているのは、誰かが見ているものなのだ、と。

誰かが現実に見ているものが、私の頭の中に飛び込んでくるのだ、と。

荒唐無稽な話ではあるが、私は直感でそう悟ったし、その直感が正しいことを知っていた。

そして、もうひとつ直感したのは、この映像を見ている誰かは、自分と同じくらいの歳に違いない、ということだった。

たぶん、その誰かは私と一緒に成長している。かつて見た映像は、思い起こしてみると子供の目の高さであり、子供の目に映るものであったし、細かいところはよく見ていなかった。きちんとモノや景色を「見られる」ようになるのは、それなりに時間が掛かるものなのだ。成長するにつれ、「あれ」はより鮮明な画像になり、しかも少しずつ長くなった。この景色を見ている者が、それを観察し、分析していることが伝わってくる。

では、果たしてこの景色を見ているのは誰なのか?

当然ながら、次に湧いた疑問はそれだった。

私の頭の中に飛び込んでくるこの映像は、いったい誰が見ているものなのだろう?

これまで見た映像の中に、その「誰か」を知る手がかりはないだろうか、という疑問が浮かんでいた。

それ以降、私は努めて「あれ」が起きた時に、その細部を観察することを試みた。

しかし、それはなかなかの難題だった。

そもそも「あれ」がいつ起きるかは、こちらには予想できない。本当に、「不意を突く」という言葉通り、突然に起きるのだ。

しかも、頻度としては、たいした回数ではなかった。平均して、ふた月に一度あるかないか、というところか。子供の頃より多少時間が長くなったとはいえ、それでも大した長さではないし、特徴のない景色も多くて、なかなかヒントは得られなかった。

それでも、高校生になる頃には、この「誰か」が見ているのは横浜近辺の景色らしい、ということは分かってきた。

巨大な観覧車、特徴あるランドマークタワー、港湾施設の「キリン」と呼ばれるクレーンの群れ。

この人は横浜にいるんだ、この人が見ているのはいつも横浜とその周辺の景色だ。

そう確信できたのは、高校一年の終わりくらいだったと思う。

私が住んでいたのは東京の北のほうで、横浜は行動範囲には含まれていなかった。

しかし、高校一年の終わりの春休み、たまたま、学校の友達と横浜に遊びに行った時に、えも言われぬ、なんとも奇妙に懐かしい感じがしたのだ。

ああ、この景色。見たことがある。

ずっと以前から、この街の景色を見ていた。

そう気付いて、「誰か」が見ていたのは、この街のリアルな景色だったのだ、と確信したのだ。

「ゆめ」。

私は、「あれ」をそう呼んでいた。

見知らぬ誰かが、「ゆめ」となって私を訪れている。

それは、そこでようやく、私の秘密になった。このことを誰にも打ち明けたことはなかったし、打ち明けようと思ったこともなかった。

ましてや、その「誰か」と顔を合わせることになろうとは、それこそ夢にも思わなかったのだ。


YOKOHAMA。

その、O、O、A、A、と続く母音の響き。

なぜか繰り返しその名を呟いていると、ひとつの景色が見えてくる。

四角く切り取られたぽっかりと開けたところに、海がある。遠くに灰色の水平線が浮かんでいる。

これはあの時に見た、運河沿いのギャラリーの風景だろうか。

巨大な三階建ての倉庫を改造したギャラリーの中は、天井が高くてがらんとしていた。空気はひんやりと冷たく、かすかな緊張感に満ちていた。

一階はカフェになっていて、運河側の扉は開けっ放しになっていた。元は搬入口だったのだろう。スライド式の大きな鉄の扉は、いろんな色に金錆びていた。

僕はあの場所が好きで、カフェの少し引っ込んだところの椅子に座ってぼんやりと外を眺めるのが好きだった。

あの場所からは海が見えなかったはずだが、潮風は入ってきたし、開口部の少し先に海があることを感じているのが心地好かった。

子供の頃から、僕は奇妙な感覚に襲われることがあった。

それは、しばしば散歩やら、どこかに出かける時に起きた。

なんというのだろう——今ならば、幽体離脱、とでもいうのだろうか。自分が自分をふっと抜け出して、どこかに行ってしまったような感覚を味わうのだ。

いや、幽体離脱ならば、空から自分を見下ろしている、というようなさまを言うはずだから、少し異なる。

うまく説明できないのだが、遠いところの、誰かの中に飛んでいく。そんな感覚なのだ。

自分から抜け出して、誰かの中に「受信」されている。そんな状態だといえばいいだろうか。

僕は、その「誰か」が僕の見ているものを「受信」してくれていることを自覚していた。その「誰か」がじっとそれを見ているのが分かった。

時々——ごくまれにだけれど、その「誰か」が実際に見ているものが、僕にも見えることがあった。

たんぽぽの生えている小さな庭だったり、アップライトの置いてある部屋だったり。

ああ、この「誰か」は実際に存在しているんだ。そう思った。

僕は、それを「ゆめ」と呼んでいた。

彼女がそれを「ゆめ」と呼んでいたことはあとから知ったけれども、彼女は文字通り白昼夢のごとくあれを「ゆめ」と呼んでいたのだろう、僕にしてみれば、誰かの「ゆめ」の中に入っていくので、それを縮めて「ゆめ」と呼んでいたのだった。

彼女が、競馬場跡の「ゆめ」を見た時のことを話してくれたことがある。

あれは、散歩好きの僕——そして、ある調べ物をしていた僕が、たまたまあの場所を訪れて、あまりにもインパクトのある建物を目にした時だった。

あの、悪夢のような、異様な建物——どうやら、僕は何か心を動かされた時に、彼女の「ゆめ」になってしまうらしかった。

彼女が僕のことを知らなかったように、僕もずっと彼女のことを知らなかった。

ただ、僕は、この「誰か」が女の子なのではないかという気はしていた。ほんの一瞬、かいま見た「誰か」のいる部屋や、「誰か」が見ているものが女の子っぽかったからだ。

僕は、これがどういうことなのか、時々考えてみた。

いわゆる超能力なんだろうか？　テレパシーというやつ？　テレパシーって、こういうことなんだろうか？

テレパシーと呼ぶには、あまりにも特殊なような気がした。もしかして、脳に腫瘍でもできていて、どこかを圧迫して幻影を見ているとか？

いっとき、本気で心配したこともあったが、僕はいたって健康だったし、どうやら脳腫瘍説はなさそうだった。

やがて、僕はこのことについて深く考えるのをやめた。

他にも考えることがあまりにもたくさんあったせいだ。

だから、まさか「ぼくたち」がこの先出会うことになり、あの奇妙な時間を一緒に過ごすことになろうとは、それこそ夢にも思っていなかった。

あの日、「わたしたち／ぼくたち」は初めて出会った。

ヨコハマで、O、O、A、A、と続く母音の響きを持つ街で。

「わたしたち／ぼくたち」が一緒に見た「はつゆめ」。

最初に見た夢は――

闇の中に揺れる炎。天まで届く高い高い炎の中に立ち尽くす二人の男女――燃える二人。それが「わたしたち／ぼくたち」のＦＩＲＳＴ　ＤＲＥＡＭだったのだ。

降っても晴れても

降っても晴れても

1

雨が降っている。降っている。

生暖かい雨、粘つくような雨が。

雨に濡れるのは好きじゃない。


雨が降っている。降っている。

見えない雨、乾いた雨が。

濡れない雨も、好きじゃない。

2

「来ましたよ、日傘王子」

テーブルの脇を通りしな、そっと女の子が囁く。

彼女の視線の先を見る。

横長の大きな窓の向こうに、傘をさして歩いてくる男が見えた。

なるほど。これなら、女の子が注目するのも無理ないな。

そんな感想が浮かんだのは、その男が端整な顔をした長身の若い男で、しかも傘の絵柄はいささか派手な白と黒の大きな水玉模様。その組み合わせが、いささか異様な感じで目立っていたからだった。

気になるのは、その歩き方である。

一歩一歩踏みしめるような、まるでロボットが歩いているような几帳面さ。顔も無表情で、瞬きすらしていないのではないかと思うほど表情が変わらない。

「ふうん。確かに王子だ。ちょっと浮世離れしてる」

「でしょう。初めて見た時からインパクトがあって、ちょっとうちの店では話題なんです」

「いつごろから通るようになったの？」

「うーん。ふた月前くらいかなあ」

「毎日？」

「いえ、通るのは火曜日と木曜日だけみたいです。土日祝のシフトの子に聞いたら、見たことないって」

「今日は火曜日か」

「はい。いつも判で押したようにこの時間。十時半ピッタリ」

男は、突然ピタリと立ち止まった。

それがあまりに唐突なので、こちらのほうがびっくりしてしまう。

何か呟いているのか、かすかに口が動いている。

「なんだろ、あれ」

「いつもあそこで立ち止まるんです」

が、すぐにまた歩き出した。

「あれって、晴雨兼用の傘なのかな？　雨の時もあの傘さしてるの？」

「ええ。でも、どうなんでしょう。今の傘って大体晴雨兼用だけど、あれは雨傘じゃないかなって気がします。雨傘を、晴れた日もさしてるんですよ」

「曇りの日は？」

「曇りの日もさしてます」

「ふうん、傘男、か」

ゆるやかな坂道に面したカフェ。かなりの大箱なので、広くとった窓の向こうを歩いていく男は、まるで巨大なシネスコサイズの映画のスクリーンの中を横切っていくように見える。

と、そのスクリーンの端で彼はピタリと止まった。

しばし立ち止まっていたが、くるりとこちらに背を向け、信号を渡る。そして、また歩き出して見えなくなった。

3

次にその男を見かけたのは、そのカフェに行こうと坂道を登っている時だった。

私が原稿を書く仕事場は少し離れたところにあるのだが、煮詰まるとこうして週に一、二度、ぶらぶらとこの商店街に足を向ける癖がある。

ゆるやかな坂道にさしかかったところ、少し前にあの目立つ傘をさした男の背中が見えた。

おお、あれは日傘王子。

そうか、今日は木曜日か。彼があの店の前を通る日だ。

思わず時計を見ると、十時過ぎ。今日も時間通りのようである。

なんとなく、後についていく形になった。

近くで見ると、思ったよりもさらに長身だった。

がっちりとした背中。全く上体を揺らさずに歩くさまは、やはり静かな機械のようだ。

もしかして、外国人なのかな。

どこか地平線まで見渡せるような広いところに暮らしていた人。

ふと、そんな気がした。

歩くのはゆっくりであったが、私よりも二十センチは長身なので、こちらは速足でないとついていけなかった。

と、立ち止まる。

慌ててこちらも足を止めた。

また、口の中で何かを呟く。低い声なので、何を言っているのかは聞き取れなかった。

何もなかったかのように歩き出す。こちらも歩き出す。

しばらくすると、また立ち止まった。

ああ、そうか、と腑に落ちた。

彼は、郵便ポストの手前で立ち止まっているのだった。なぜかは分からないが、郵便ポストのところに来ると足を止め、何かを呟く。そういえば、あのカフェの前にも郵便ポストがあった。

どのくらい一緒に歩いただろう。

だんだん、彼には彼の「決まり」があるのだ、ということが分かってきた。

横断歩道は絶対に白いところしか踏まないし、振り返ったり、曲がったりという時に、首だけ動かすということはせず、いったん立ち止まってから常に身体の正面を向け、それから歩き出す。

もしかすると、ある種の神経症なのかもしれない。

十時半に、カフェに辿り着いた。

彼はそのまままっすぐいつものようにカフェの前を通り過ぎ、蕎麦屋や不動産屋の前を通りすぎて、坂をのぼっていった。

このあいだは、あそこで信号を渡ったよな。あれだけ几帳面に「決まり」を守るのに、ルートは幾つかあるのだろうか。

私はそんなことを考えながらカフェに入った。

いつもの女の子が席に案内してくれる。

「今、ご一緒でしたね、日傘王子」

「うん。彼、いつもどこに行くんだろうね」

「K大学の学生さんみたいですけど」

「へえ、そうなの」

「うちのお客さんで、彼がK大学に入ってくのを見たって人がいて」

なるほど、彼はちょっとした有名人なんだな。
そんなことを考えながら、コーヒーを注文した。

4

解体作業中足場崩れる

十四日午前十時半頃、××区××六丁目のビル解体作業中の現場で足場が崩れ、通行人が巻き込まれる事故があった。K大学医学部の×××スタンからの留学生タジム・ヤグディンさん（24）は、近くの病院に搬送されたが死亡が確認された。

5

鳥の巣みたいな頭をした、背の高い男が店に入ってきた。
店内を見回し、広い窓のほうを見る。
誰かと待ち合わせでもしているのだろうか。
そう思ったら、男はカフェの店員の女の子に近寄っていき、何事か尋ねていた。
と、女の子はちらっとこちらを見て、男と一緒にやってくる。
「ちょっといいですか？」

女の子が戸惑った表情で声をかける。

「はい、なんでしょう？」

「こちらの方が、日傘王子——ってすみません、私たちそう呼んでたんですけど（と、男を振り返った）——について聞きたいって」

「えっ？」

私はびっくりした。

「なんだってまた、彼のことを？」

「すみません、僕、伊丹といいます。彼の友人でした。実は、彼、先月事故で亡くなったんです」

「えっ」

今度は女の子と私が同時に声を上げた。

「そうだったんですか。道理で最近見かけないねって話してたんです」

「事故って、なんの？」

「ビルの解体作業中の現場で、足場が崩れて巻き込まれたんです」

女の子と私は唸った。

「そいつはひどい。運が悪かったなあ」

「ええ」

男は顔を曇らせた。

「でも、なんだか納得できなくって」

「納得？」

「事故が起きたのは午前十時半頃で、現場はここから少し離れた六丁目。どうして彼はそんなところを歩いてたんだろうって」

「十時半」

私と女の子は顔を見合わせた。

「その日、何曜日でした？」

思わずそう聞き返していた。

「ええと、十四日ですから、火曜日です」

私と女の子はもう一度顔を見合わせる。

「じゃあ、その時間はこの店の前を通ってたはずですよね」

「うん。いつも時間ピッタリだったもの」

「やっぱり、そうでしたか」

男は小さく頷いた。

「彼、ちょっと神経質なところがあって、自分の決めたとおりでないとダメだったんです。歩くルートもきちんと決まってたし、時間もぴったりでないとダメだった。大学のキャンパスだって、いつも歩くところが決まってたくらいです。なのに、あの日に限って、どうしてそんなところにいたんだろうって」

「確かに、不思議ですね」

女の子が首をかしげた。

「でも、確かにいつも時間ぴったりにこの前を通ってたけど、日によってそこの信号を渡ったり、渡らなかったりってことはあったよ。ひょっとして、工事でどこか通行止めだったりしたんじゃないのかな」

私はあの背中を思い浮かべながら、何気なくそう言った。

すると、男は「えっ」と驚いたように私を見る。

「信号を渡ったり、渡らなかったり？　それは本当ですか？」

「はい」

思いがけなく突っ込まれたので、私は思わず背筋を伸ばしていた。

「それは変だな」

男は口に手を当てて考え込んだ。

なんとなく、その姿を女の子と一緒に注視する。

やがて、男は顔を上げ、何か思いついたように足早に外に出ていった。なぜかつられて、私も一緒に外に出てしまう。

「いつもこの前を通る。十時半ぴったりに」

「そう。で、まっすぐ行く時と、そこの信号で渡る時とがあった」

「そこの信号」

男は呟き、カフェの隣の蕎麦屋に目をやった。

次に、信号を見て、向かい側の歩道に目をやる。

和菓子屋。金物屋。中華料理屋。寝具店。

昔ながらの古い商店街の通りである。

「うーん」

男はじっと考え込んでいる。

「彼は、毎日大学に通ってたわけじゃないの？」

私は何気なく尋ねた。

「いえ、ほぼ毎日来てましたよ。なぜ？」

「いや、そもそも、彼がここを通るのは火曜日と木曜日だけだったから」

「なんですって？」

男は、今度こそはっきりと驚愕し、私を振り向いた。

その勢いに面喰らう。

「ほんとだよ。店の女の子もそう言ってた。他の曜日に通ったことはないって」

「火曜日と木曜日。それで、信号を渡ったり、渡らなかったり」

「うん。火曜日は信号を渡ってたし、木曜日は渡らなかった」

私は、再び記憶の中の背中を思い浮かべた。

男は再び考え込む。

「そういえば、彼、郵便ポストの前でいつも立ち止まって、なんか唱えてたね」

男は頷く。

「ええ、どうしてそんなことをするのか聞いたことがあります。そうしたら、なんでも、故郷の山に似てるんだとか」

「郵便ポストが？」

「はい。大きな鉱山があって、昔からずっと山を削り続けてるんで、今はすっかりテーブルマウンテン状になってるんですって。赤みがかってるところもそっくりなんだとか」

「へえー」

男は腕を組んでのろのろ歩きだした。

なんとなく、その後を追う。

と、突然彼は立ち止まった。

「――鉱山」

そう呟くのが聞こえる。

「もしかして」

彼は、ばっとポストを振り返り、それからもう一度周囲をしげしげと見回し、次に私の顔を見た。

「――分かったかもしれない」

6

その伊丹と名乗った鳥の巣頭の男は、一週間後に再びカフェにやってきた。

このあいだ「分かったかもしれない」と言っていきなり駆け出していってしまったので、何が「分かった」のか知らされなかった私は、ずっともやもやしたまま気を揉んでいたのだが、義理を感じたのか、わざわざ説明しに来てくれたらしい。

7

彼に、医学を志したきっかけを聞いたことがあります。

彼のうちは代々続く染色工場なんだそうですが、遺伝なのかなんなのか、骨が脆《もろ》くなる病気になる人が多いんだそうです。彼の母親も、ささいなことで骨折するようになって、いつも痛みに苦しんでいたとか。だから、みんなの病気を治したいと思って、医者を目指したんだと。

彼はずば抜けて成績がよかったので、彼の村では初めて高校に進学し、奨学金で大学まで進みました。更に、留学までしたんですから、本当に優秀だったんだと思います。

彼の特徴ある歩き方。

きっと、あれもあまり身体に――つまり、骨に衝撃を与えないように、家族からそう躾《しつ》けられてきたんだと思います。それがあの几帳面な性格を作り上げたのかも、とも思います。そもそも、彼がふた月ほど前にこの界隈に引っ越してきたのも、大学から歩けるところに住みたかったからです。日本の混んでいるバスや電車ですし詰めになったら、どんな衝撃を受けるか分かったものじゃない。

彼には、自分で決めた細かいルールがいろいろあることは分かってました。それに必ず従うってことも。

だから、歩くルートを変えるのは変だ、と思いましたが、このあいだあなたたちの話を聞いて、彼にとっては、歩くルートよりも優先順位の高い「決まり」があったんだと気が付きました。

それは、なんだと思います？

火曜日と木曜日だけあの道を通った理由。

それはね、休業日なんです。

はい。火曜日は、向かいの和菓子屋と中華料理屋の休業日。

木曜日は、このカフェの隣にある蕎麦屋の休業日。

それがどうしたって？

逆に言うと、向かいの和菓子屋と中華料理屋、そして蕎麦屋が営業している時は前を通らない。

これらの店が休んでいる時と、営業している時と、何が違うと思いますか？

暖簾です。

この三つは、営業している時は、店の前に暖簾をかけているんです。

暖簾は、我々日本人にとっては看板ですが、外国人にとっては、ただの布でしょう。

彼の実家は染色工場だと言いましたよね。きっと、子供の頃から染色した布を干してあるところをずっと目にしていたでしょうから、何かそれにまつわる嫌な記憶があるのかもしれません。

彼は全く外食をせず、いつも自宅で自炊をしていましたから、僕はそのことに気付きませんでした。一緒に食事をしていれば、日本の飲食店には暖簾が掛かっているところが多いですから、早くに気が付いていたかもしれません。

暖簾の前は通らない。そんなルールが彼の中にあったんだと思います。それは、歩くルートよりも優先される。

だとすると——僕は、奇妙なことを考えました。

奇妙奇天烈な考えなんですけど、もし、そのことを知っていた人がいたとすれば——彼が決して暖簾の前を通らないことを知っていた人は——彼の歩くルートを誘導することができるな、と。

そんなことを思いついたんです。

荒唐無稽な思いつきでしょうか？

でも、有り得ないことじゃない。彼の行く手、どこか空き店舗にでも、彼が通りかかる時だけ、店先に暖簾を掛けておけばいいんです。そうすれば、彼は必ずその前を避けて、別の道を行く。行く先々でそんな細工をすれば、彼をその誰かの思った通りの場所に連れていくことができる。そして、その場所で、事故が起きるように準備をしておけば——例えば、解体中のビルの足場に細工をしておくとかすれば、彼の身に事故が起きる。

もし、これが本当に起きたことだとして、じゃあ、その誰かは、なんでそんなことをしたのか。彼を殺したいのであれば、誰かを雇うとか、自宅を襲うとか、いろいろ手段はあったはずです。でも、その誰かは、あくまでも事故に見せかけ、事故に巻き込まれたことにしたかった。

なぜか？

彼が変死したら、解剖されてしまうからです。

つまり、解剖されない死、ということが目的だったんだと思います。

どうしてか？

恐らく、彼が解剖されたら、慢性のカドミウム中毒であることが分かる可能性があるからでしょう。

はい。

彼の家族の病気は、遺伝性のものではなく、郷里の鉱山からの排水に含まれていたカドミウムによるものだったんです。

イタイイタイ病。

この名前、ご存じでしょう？　一九五〇年代に富山県の神通《じんずう》川流域で、上流の鉱山の工場排水から川に流れ出したカドミウムが溜まった水を飲んだり、魚を食べたりした人が発病した、公害病です。

特に、何人も子供を産んだ経産婦が多く罹ったと言われています。女の人は、ただでさえ子供を産むとカルシウム不足になりますから、この病気特有の骨軟化症になりやすく、ちょっとした衝撃でも骨折してしまう。みんなが痛みに苦しんでいたのが、病名の元になったくらい、ひどい痛みが続く。

彼の村では、ほとんどが進学せずに家業を継ぐ。だから、これまで誰もそのことに気付かなかった。

ただ、彼の話では、郷里では、雨に当たるな、と言われていたそうです。郷里は乾燥していてあまり雨は降らないんですが、たまに降ると、よくないものが雨に含まれていると言い伝えられてきたとか。カドミウムは、空気中にも飛び散ります。もしかすると、村の人の中で、薄々原因に気付いていた人がいたのかもしれません。染色というのは、特に大量に水を使いますから、染色工場を営んでいた彼の一族に強い症状が出ていたのも納得できます。

彼は、雨が嫌いだと言っていました。

日本は降水量の多い国ですからね。雨に濡れたくない、というルールも持っていた彼は、いつなんどき雨が降り出すか分からないので、常に傘をさしていたんです。

日本は公害病の先進国です。

彼も、日本に来て初めて、自分の家族の病気が、公害によるものだと気付いたのかもしれません。

実際、彼の残したパソコンを調べてみて、彼が国と鉱山を訴える準備をしていたことが分かったんです。彼を消そうとした人は、そのことを知っていたのではないかという気がしてなりません。

はい、僕の妄想だと言われればそれまで。

ただ、あれからこの辺りで聞き回ってみたんです。そうしたら、あの日の午前中、この商店街の入口の少し先にある空き店舗に、ほんの短い時間だけ見慣れない暖簾が掛かっているのを見た、という人がいました。

もちろん、こんなのはなんの証拠にもなりません。

遺体はもう荼毘《だび》に付されて、骨は郷里に送られてしまいました。

でも、彼の家族に、彼の郷里の人たちに、彼が訴訟の準備を始めていたことは伝えたい。僕が友人としてできるのは、それくらいです。

抜けるような青空。

ゆるやかな風が吹いている。

ずらりと並べて干された、鮮やかな色の布が、かすかにはためいている。

彼は、布の周りを駆け回っていた。何列も並ぶ布の壁は、ちょっとした迷路みたいで、かくれんぼや鬼ごっこをするには、格好の遊び場だ。

布を掻き分け、掻き分けして突っ切っていくのは、なぜかとても心躍る遊びだ。

その日も、彼は布の海を一直線に突っ切っていた。

何列も布の壁を越え、最後の一枚を掻き分けた瞬間。

そこに、母親が倒れていた。

苦悶に身をよじり、土気色の凄まじい形相で事切れている、彼の母親が。

9

雨が降っている。降っている。

悲しみの雨。涙雨。

それはずっと、途絶えることなく、静かに彼の中で降り続いている。

ありふれた事件

今年の春の連休直前に、とある地方の県庁所在地、F市で起きた事件のことを覚えている人はいないだろう。

無職の男が閉店間際の地方銀行に飛び込み、行員と客を人質にして、六時間に亘って立てこもった。結局警察の急襲部隊が突入し、男は取り押さえられたが、客の一人が男に胸を刺されて死亡した。

この日の夜のニュースではずっと現場が中継されていたが、「警察が突入、男を逮捕」という字幕と共にTVから消えた。そもそも、民族大移動のこの時季、人々は連休前でどこかに繰り出していたか、バカンス先へと移動中で、このニュース自体、知っていた人がどのくらいいたのか怪しいものである。

翌日の新聞でも、記事自体はあまり大きな扱いではなかったし、警察が突入する瞬間のぼんやりした写真が載ったものの、詳しい内容はほとんどなかった。取り押さえられた男は四十代半ば。失業してから一年近く経っており、心療内科への通院歴もあった。記事は、こういった事件にありがちな、こういう文章で締めくくられていた。

「男は取り調べに対してわけのわからない言葉を繰り返しており、警察は事件の背景について詳しく捜査することにしている」

命を落とした客にとってはたいへんな災難であり、非常に気の毒だと思ったものの、筆者もすぐにこの事件のことは忘れてしまった。

この事件のことを再び思い出したのは、ひと月ほど過ぎて、例年より少し早めに梅雨入りした頃である。

筆者の大学時代の友人はF市の出身で、大学を出てから郷里に戻っていたのは知っていたが、久しぶりに上京するというのを人づてに聞き、たまたま飲み会で顔を合わせた。その時に、ふと何かの拍子にこの事件について、最近奇妙な噂が流れていると話してくれたのだ。

仮に、友人をMとしよう。

M自身も、この事件に対しての興味は筆者と五十歩百歩であった。ずっと世話になっている銀行の支店で起きたことには驚いたが、やはり連休が明ける頃にはすっかり忘れていたのだそうだ。

最初に彼がこの事件を思い出したのは、近所の交番に貼り出されたポスターを目にした時だった。ただたどしいイラストが添えられたポスターは、先般起きた立てこもり事件の被害者について情報提供を呼びかけるものであり、身体的な特徴が列記され、服や持ち物の写真が載っていた。足を止め、ポスターの内容を改めて読んだMは驚いた。なんと、この事件で犠牲になった六十歳前後の女性の身元が分からないというのだ。

そんなことってあるのだろうか。

不思議なことに、彼女は銀行に来ていたというのに、身元が分かるようなものを何ひとつ持っていなかったという。通帳もキャッシュカードも持っていなかったし、携帯電話すら見つからなかった。

イラストに記載のある彼女の格好は至極一般的だった。量販店の長袖のTシャツに、これまた量販店のフリースとストレッチジーンズ。身長は一五五センチ、パーマを掛けていて痩せ形で、見た目もごく普通。あとから警察のホームページで、遺体を修復して撮った顔写真も見たが、どこですれちがっていても気に留めないであろう、特徴のない十人並みの容姿だった。

近所に住んでいて寄ったという感じで、小さなトートバッグを持っていたが、中に入っていたものも少なかった。ハンカチとウエットティッシュ、老眼鏡、ボールペン一本、鍵二本、コンビニの豆大福がひとつ、のど飴。使いこんだ小銭入れに所持金が少し。豆大福を購入した時のコンビニのレシートが入っていたものの、やはり名前が分かるものは何も持っていないことが判明した。

どこかに落ちているのではないか、誰かが持ち去ったのかと店内を徹底的に調べたが、それらしきものは見つからなかったという。

こんなことってあるんだな。

Mはそれとなくその後の経過を気にしていたが、未だに身元確認に名乗り出る人はいないらしい。

やがて、どこからともなく別の噂が流れてきた。

事件に居合わせた人々が、誰も当時のことを詳しく語りたがらないというのだ。

もちろん、事件のことを思い出したくないというのは正常な反応である。

暴力行為に巻き込まれるというのは、非常に精神的なダメージが大きい。

普段あたりまえに利用していた場所が、理不尽な暴力の場になる。実際、一人が亡くなっている。すぐそこに死があり、自分が血まみれになって横たわっていても不思議ではなかった。この世界はいつでも暴力的に生命が奪われる可能性があり、これまでたまたま運がよかっただけなのだと思い知らされることは、たいへんショックである。

だから、事件のあと外出するのを嫌がったり、物音や人影に神経質になり、ふさぎこんだり精神的に不安定になったり、というのはこういう事件のＰＴＳＤとしては極めて真っ当な反応だ。しかし、この事件に巻きこまれた人たちの反応は、こうしたケースとは何かが異なっていた。この事件は、どこかおかしい。そう感じた人が、複数いたのだ。

ここから先、Ｍがどのような手段を使ってこの事件のことを調べていったのか、説明することは差し控えるが、Ｍはこの事件に強く惹かれ、些か常軌を逸した情熱を持って追いかけたことは確かである。特に発表する気はないんだけど、まとめずにはいられなかった。そう呟いて、Ｍが筆者に見せてくれた手記――Ｍがプライベートに考慮して構成した、関係者の証言が以下の記述である。

事件直後、現場に到着した救急隊員

もう被疑者は確保したあとでしたが、とにかく、ものすごく静かだったのを覚えています。ぱっと目に入ったのは、文字通り、血の海でした。鏡みたいな床の上の真っ赤な血の中に、女の人がうずくまるようにして倒れていました。とても小さくて、あ、もうダメだ、と直感しました。

その周りに、輪になって、他の人が座り込んでいました。なんで輪になってるんだろう、と思いましたね。あとからその理由、聞いてびっくりしましたけど。

その――正直、何人亡くなったんだろう、と考えましたね。あまりにも大量の血だったので。あの小柄な女の人一人だけだったのにびっくりしたくらいです。

なんだか、奇妙な雰囲気でしたね。いっぱい人がいたんですけど、みんな上の空、とでもいいましょうか。事件に呆然としていたんでしょうけれど――実際、ものすごい凄惨な光景だったわけですし。ところが、みんなの注意はそこになかったというか――ぽかんとしていたというか、妙に空気が軽かったような気がします。僕だけじゃなくて、同僚にも似たような感想を漏らしたやつがいましたから。

なんていうんでしょうねえ――すっごく不謹慎なたとえだと思うんですけれども、マジックショーの会場みたいな雰囲気だったな、とあとから思いました。ちょうどその前の週の休みに、子供をマジックショーに連れていったんです。ほら、分かるでしょう。とても鮮やかなマジックを見せられて、みんなぽかんと口開けて見てる感じ。何が起きたのか分からなくて、虚脱状態になってる感じ。ああいう雰囲気でした。

事件後、関係者を担当したカウンセラー

いろいろな事件のアフターフォローを担当しましたが、今回のようなケースは初めてです。

はい、皆さん、揃ってすらすらと事件のことを話してくれました。

いえ、これが普通なんです。事故や事件の直後は、どちらかといえば平静に客観的な事実を語ってくれます。

人間というのは、奇妙なところで見栄を張るものです。パニックに陥ったところを素直に見せられる人のほうが珍しい。ほとんどの人はとても冷静に、事件がどんなだったか話してくれます。でも、これは嘘なんです。まだ衝撃に感情がついていっていない。むちうち症みたいに、時間が経つにつれてだんだんダメージが効いてくるものなんです。

ですから、長期に亘ってフォローするのが大切なんですね。

だけど、この事件の関係者の皆さんは、そういう感じじゃないんです。

立てこもった男は、金銭を要求したわけではありませんでした。どうやって手に入れたのかは分かりませんが、どうやら大量の抗鬱剤を飲んでいたらしく、相当ハイテンションになっていたようです。しかも、ある種の幼児退行とでもいうのか、子供の頃、親が商売をやっていてかまってもらえなかったのがしこりになっていたらしく、やたらと「遊ぼう」とみんなに強いたとか。

男は、ずっと東京で働いていて、郷里に戻るきっかけになったのは、親の健康問題だったようです。親の面倒をみながら働けるところを探していたんですが、なかなかそういうところは報酬面で折り合わない。失業期間が長引いていて、焦っていた。子供の頃からほったらかしだった親に対する複雑な感情もあったんでしょう。

はじめは、近所の商店のお客様かと思いました。

閉店時間ぎりぎりに売上金を持ってこられる方がいつも何人かいらっしゃるので、その方ではないかと。

だけど、手に持っているものを見てギョッとしました。大きな、肉切り庖丁を握ってて、ものすごく汗を掻いている。そこだけ熱を帯びていて、目がぎらぎらしていて、瞳孔が開いているように見えました。

ああ、これはヤバい。そう思いましたね。

事件当時店内にいた銀行員　2

「さあさあ、遊ぼうぜ、日が暮れるまで遊ぼう」、ずっとそう繰り返していました。

最初は冗談を言っているのかと思いました。

だけど、本気だったんです。

「ほら、まずはいないいないばあだ、知ってるだろ、いないいないばあ。赤ん坊に最初にするやつだ」

そう言って、中にいる人、ひとりひとりに向かって、いないいないばあをしてみせるんです。

あの大きな庖丁を握ったまま、ずかずかやってきて、凄まじい形相でいないいないばあをされた時には、生きた心地がしませんでした。みんな、じっとあの男がいないいないばあをするのを、必死に平静を装って眺めていました。

だけど、私たちがじっとしているのが気に食わなかったみたいです。

突然、「なんでやらないんだよ、参加しろよ」と言って怒り始めました。

顔が真っ赤になって、汗がだらだら流れています。ぶんぶん空中に庖丁を切りつけるので、蛍光灯で庖丁がぴかぴか光って、ものすごく怖かった。

ああいう人って、なんにも見ていないようで、細かいところによく気がつくんですよね。こっそりオフィスのほうに逃げようとした行員とか、すぐに見つけて、大声で怒鳴るんです。ものすごい声で。怖かった。

そのあとは、えんえん、子供の遊びですよ。しかも、本人は仁王立ちになって見ていて、私たちにさせるんです。今から考えるとものすごく滑稽な場面だったと思います。

だけど、みんな必死で、真っ青でした。あんなに真剣に花いちもんめとか、だるまさんがころんだとかやったの、いつ以来か思い出せません。

事件後、関係者を担当したカウンセラー

子供の遊びを五時間。庖丁持った男に強要されて、花いちもんめを五時間。それがどんなに激しいストレスになったか、想像するに余りあります。

ところがですね、聞き取りをしているうちに、だんだん不審に思い始めたんです。

誰もが、男にどんな遊びをさせられたか、それがどんなに恐ろしかったかを滔々《とうとう》と話してくれるんですが、今ひとつ身が入っていない。

さぞかし恐ろしい体験だったでしょう。とても怯えた顔で、不安げに話しているんですが、それでいて話が上滑りしているんです。

どこかおかしい。そう思ってみると、関係者みんながそうなんです。行員も、お客もみんな。男と過ごした恐怖の時間について語りつつも、どこかで他のことを考えている。

そんな印象を受けた。

みんなが気を取られている「それ」を、みんなは無意識に避けている。むしろ、「それ」に比べれば、男に長時間子供の遊びをさせられたことについて語るほうが、精神的に楽らしい。そう気がついたんです。

いつ刺されるかと怯えながら、花いちもんめをすることよりも恐ろしいこと。それよりもずっと気になること。そんなことってあるでしょうか。

事件当時店内にいた銀行員　３

そのお客様には、全然気がつきませんでした。

新規でお客様が来店された時には、フロア係がご来店の目的を確認することになっているんですけどね。たぶん、すぐに書類を記入するカウンターのところにいらしたからかもしれません。慣れた様子だったので、説明しなくても大丈夫だと判断したんでしょう。

いいえ、私の記憶の範囲では、お見かけしたことのないお客様だったと思います。少なくとも、よくいらっしゃる方ではありませんでした。普段はうちの銀行の他の支店を使っていて、所用か何かでこのエリアにいらしていて、たまたまこの支店をご利用になったのかな、と思いました。

事件当時店内にいた客　１

あの男が入ってきた時から、みんな動けなくなったんですが、あの人にはずっと気がつきませんでした。小柄だったし、隅っこでじっとしていた印象があります。
でも、若いお母さんがいて、五、六歳の子供を抱えていたのを、励ますようにしていたのを覚えています。さすが、歳《とし》の功《こう》で腹が据わっているなあ、と思いました。

事件当時店内にいた客　２

はい、あの人、うちの子のこと、にっこり笑ってかばうようについていてくれました。
あたし、完全にパニックになってしまってて、どうしたらいいのか分からなかったのに気づいたんだと思います。あたしと、子供を挟むようにして、花いちもんめ、ずっとつきあってくれました。本当に、あたし、いっぱいいっぱいで、まさか、まさかあの人があんな目に遭うなんて。あっというまでした。目の前で、倒れて。ひどい。

事件当時店内にいた客　３

本当に、いきなりでした。歌い終わったところで、あの男が突然庖丁を突き立てたんです。ためらいもせずに、まっすぐに突きました。一瞬、何が起きたのか分かりませんでした。

事件後、関係者を担当したカウンセラー

お気づきでしょうか。

みんな、亡くなった女性の話をしていますが、微妙に話すのを避けていることがあります。彼女は、男に急に刺されたということは分かりますが、なぜ彼女が刺されたのか、刺された時彼女がどこにいたのかは誰も話しません。彼女はなぜ、男に刺される羽目になったのでしょう？

最初に現場に到着した救急隊員の話を覚えていますか？

彼は、みんなが輪になって座っているのを見ています。どうしてこんなふうに座っているのか不思議に思ったと言っていましたね。

また、店内にいた客が、ヒントをくれています。

歌い終わったところで、男が突然庖丁を突き立てた、と。

輪になって、歌う。子供の遊び。

お分かりですね。

女性は、刺された時、「かごめかごめ」をしていたのです。「かごめかごめ」を歌い終わった時に、男に刺された。この時のことを、誰もが無意識のうちに語るのを避けているのです。殺人の瞬間だからでしょうか。

私も最初はそう思いましたが、何度も証言を聞き返すうちに、いや、違うと気づきました。

みんなが避けているのはあくまでも「かごめかごめ」で遊んだことなのです。

だから、みんな「花いちもんめ」や「だるまさんがころんだ」には言及していますが、誰ひとりとして「かごめかごめ」をやったことを口にしていない。

どうしてだろう。

私は、そう気づいてから、もう一度、みんなに尋ねました。彼女が刺された時、「かごめかごめ」をしていたのではないですか。そう尋ねると、みな「ああ、そうでした」とか、「そうだったかもしれません」と言って、言葉を濁すのです。無意識のうちに、記憶から除外してしまっている。

いったい「かごめかごめ」をしていた時に、何が起きたのか。

ふと、私は、一人だけ証言を聞いていない人がいることに気がつきました。その人物ならば、真相を話してくれるかもしれない。そう直感したのです。

そして、話を聞きに行きました。

これからお聞かせするのが、その子の証言です。

事件当時店内にいた子供

あの時のことはよくおぼえてるよ。

ねえ、どうしてあの時、あのおばあちゃんはあんなことができたのって、あとからなんどもママにきいてみたんだけど、ママはいつもしらんぷり。

みさとにもできるかなあってきいたけど、ママはへんじしてくれない。

いっしょに見たはずなのにね。へんだよね。

あの日はすっごくつかれたよ。

だって、あんなにいっぱい、花いちもんめとか、だるまさんがころんだとかやったんだもん。

すごい汗っかきのおじさんが、みんなにやれやれってうるさかった。

あたしだって、いつもはゲームばっかりしてるから、あんなにうごくゲームするの、はじめてだったかも。

さいしょのうちはおもしろかったけど、だんだんあきて、つかれてきた。

そうしたら、あのおじさん、きげんがわるくなってたいへんだった。

ほうちょうふりまわして、けんたくんみたい。

あ、けんたくんて、ようちえんでらんぼうな子。すぐぶったり、けったりする。おとなでもあんな人いるんだね。

あのおばあちゃん、にこにこしてやさしかった。

みさとのおばあちゃんはもういないけど、あんなおばあちゃんだったらずっといっしょにいたかった。

あのおじさんがおこってほうちょうふりまわしたとき、おばあちゃんがいったの。

かごめかごめしましょうって。

そうしたら、おじさんも、あっ、それがいいって、よろこんだ。わすれてた、かごめかごめがあったって、なんどもいったよ。

で、みんなでかごめかごめ、した。

歌、うたったよ。

おばあちゃんが、おにはあなたですよ、っていったけど、おじさんは、おれはみてるっていって、輪のなかにははいらなかったの。

そうですか、っていって、おばあちゃんがおにになった。

うしろのしょうめんだぁれってなんどもいったけど、おばあちゃん、ぜんぜんあたらなかった。

おじさんが、だめだな、あたらないなあって、わらったの。

そしたらね、おばあちゃんも、わらったの。

ちょっとびっくりして、みんなおばあちゃん、みたよ。

なんだか、かんだかくて、とりみたいなこえでわらったから。

おばあちゃん、輪のなかで立ち上がったの。おじさんにはせなかむけてた。

おばあちゃん、かんだかいこえでいったの。

びっくりするもの、みせてあげようかって。

おじさん、ええっ、てきいた。なんだって、って。

そうしたら、おばあちゃん、もういちどいったの。うつむいて、いった。

びっくりするもの、みせてあげようかって。

なんだか、あのとき、ちょっとこわかった。おばあちゃんが、おばあちゃんでなくなっちゃったみたいだったから。

おじさん、へえっていって、よろこんだ。

よし、びっくりするもの、みせてくれって。

じゃあみせるよ、っておばあちゃん、こたえたの。

しいんとした。みんな、おばあちゃんみてた。

そうしたら、おばあちゃん、ゆっくりふりむいたんだよ。

おじさんにはせなかむけてたんだけど、おじさんにむかってふりむいたの。

だけどね、へんなの。

おばあちゃん、せなかむけたまま、かおだけうしろをむいたんだよ。

ふしぎでしょ？

おばあちゃんは、うしろをむいたまま。だけど、おばあちゃんのあたまは、ゆっくりゆっくりまわっていって、とうとううしろを向いちゃった。

おばあちゃんの、せなかのうえにかおがあって、ニコニコしながらおじさんをみてた。

おじさん、みるみるうちにまっさおになってね。

おばあちゃん、大声でわらったの。すごいおっきなこえで。

びっくりしただろう？　びっくりしただろう、シュウイチ？　えっ、どうだ、ほら、びっくりしただろう？

おばあちゃん、わらいながら、おっきなこえで。

そうしたら、おじさん、ふるえだして、きゅうにさけびだした。ひめい？　そんなかんじで、さけびだして、手にもってたほうちょう、まっすぐおばあちゃんにむかって。

あんなにするっとささるなんて。

おばあちゃん、くずれるみたいにたおれた。いっぱい、いっぱい、血がながれだした。

おじさん、ほうちょうもったまま、ずっとひめいあげてた。

そうしたら、ばくはつみたいなおとがして、ヘルメットかぶったおじさんたちがいっぱいなかにはいってきたの。おじさん、おおぜいでつかまえた。あんまりいっぱいでのっかったから、みえなくなっちゃったよ。

おばあちゃん、いったいあれ、どうやったの？

みさと、おばあちゃんがたおれてるところにいってみたの。

だけど、たおれているおばあちゃんのあたまは、もうもとにもどってたんだよ。

すごいなあ、おばあちゃん。

みさとも、れんしゅうしたらできるかな。

いつかママをびっくりさせられるかな。

びっくりしただろう、ママって、せなかのうえでいったら。

春の祭典

彼が『春の祭典』をソロで踊るらしい、と聞いた時、そう深く考えずに「ふうん、奇矯なことをするな」と思ったものだ。

別に、私はバレエやクラシックに詳しいわけではない。

あくまでも普通のカルチャー好きの範囲内で、なんとなく聞き知っていた知識での感想である。ただ、彼とは中学・高校一貫校で時間を共有したこともあり（彼は途中で海外のバレエ学校に入学してしまったので、正確にいうと共有した時間は四年ほどだが）、彼の活躍は噂には聞いていた。

その著名なバレエ学校の在学中に振付家としてデビューし、バレエ団に入って最短でプリンシパルに昇格、欧米では広く名を知られていて、十数年ぶりに帰国して活動している、ということくらいは。

高校の同窓生が、彼のいわば「凱旋帰国」を祝う会を催そうとしたが（我々も四十の声を聞いて、そういうものを催したい年頃なのだ）、彼にやんわりと遠まわしに断られた、という噂が流れてきたことがある。

その話を聞いた時は、思わず声を出して笑ってしまった。

彼があの複雑な表情で、「凱旋？　誰が？　いったいなんの凱旋なんだ？」と真面目に困惑しているところが目に浮かんだためである。

困惑。

そう、彼はいつも困惑していた。

学生時代の彼――少なくとも、私の記憶の中の彼はいつも戸惑っていたし、自分がなぜこんなところにいるのかさっぱり分からない、という顔をしていた。

彼はいつも一人でいたが、浮いているとか孤独だという印象は受けなかった。

地方の超有名進学校の中にいても、彼ひとりが全く別の世界に生息しているという感じだったのである。

小さな顔、端整な顔立ち、すらりとしてしなやかな立ち姿の彼は、そこにいるだけで「違う」空気を纏《まと》っていて、密かに目立っていた。いや、目立つというよりも、自然と目が引き寄せられてしまう、というような。

単に美しい、と言ってしまえばそれまでなのだが、私はいつも彼に独特の雰囲気を感じていた。うまく言えないが、目元がいつも「けぶっている」のである。

なんというのだろう、一直線に生徒たちが並んでいても、彼の顔のところだけ「違う」。顔の辺りにいつも霧みたいなものが掛かっていて、一人別のものを見ている。

そんなふうに思っていたのだ。

他人の観察は私の趣味だった。昔から年寄りくさい、老成していると言われてきたが、それは私がやや複雑で、ありきたりに言えば「家族の愛情を知らずに育った」からかもしれない。他人の観察は、生きのびていくには必要な技術だということもあって、私にとっては趣味と実益を兼ねており、今ではすっかり習性になってしまっている。

その、当時にして観察歴十数年の私が見てきた中でも、彼は「変わって」いた。

どうみても、同じ空気を吸っているとは思えない。

別の星から降ってきた少年。

異なる物質で出来ている人間。

彼を言葉にしようと、あれやこれやと努力したことを思い出す。

同じクラスにいたというだけで、特に接点はなかったけれども、彼を観察することはいわば私のライフワークみたいになっていたのである。

その後、成人し、彼の活動を知ってから、少し興味を持ってダンスやバレエといった「舞踊」を観るようになると、私が凄いと思うダンサー、気に入るダンサーは皆彼と同じ顔をしていた。

顔が似ているというわけではない。

やはり、皆、顔の辺りが「けぶって」いるのである。

なるほど、卓越したダンサーというのは、一人別のものを見ているのだな、一人別次元のところにいて、普段の生活でもその世界に棲み、その世界に魅入られているのだ、と思うようになった。

むろん、彼は学校では至って静かな生徒であり、彼が踊るところなど見たことは一度もなかった。

しかし、一度だけ――踊っているのではなく、踊り出そうとしている気配だけを感じたことがある。

何の時だったろう。

恐らくは、初夏の中間試験の頃だったのではないか。

外はまだ明るいのに、教室は空っぽだったから、きっと早くに試験が終わって、皆とっとと翌日の勉強のために帰ってしまっていたのだ。

なぜ私は残っていたのか。

たぶん、クラス委員かなんかを押し付けられて、先生の手伝いをさせられていたとか、そういうつまらない用事だろう（私はそういうつまらない用事でも割と苦にならないたちなのだ）。

そのお陰で、彼の姿を見ることができたのだ。

廊下を通りかかり、空っぽのはずの教室に誰かがいるのに気付いた。

おや、と足を止める。

何が私の足を止めたのか。

それは、なんらかの異様な気配だった。

明らかに、普段見慣れた教室とは違っていたのだ。

舞台。劇場。そこは別の場所になっていて、その場所を支配しているのは、教室の中央に立っている一人の少年だった。

それが「彼」であることには気付いていた。

「彼」がクラシックバレエを習っていて、かなりのレベルだという話はどこからともなく流れてきていたし、そう納得させるだけの立ち居振る舞いだとは薄々感じていた。

当時はまだ男の子がバレエを習うのは珍しかったと思うし、他の誰かならさんざんからかわれていただろうが、「彼」に限っては「あっそう。なるほどね、道理で」というふうに受け入れられていた印象がある。

しかし、私が彼は相当なレベルに違いない、と実感したのはこの放課後のことだ。


何度も言うように、「彼」は踊っていたわけではない。

ただそこに、教室の真ん中に立っていたのだ。

教室いっぱいに射しこんでいる初夏の光。

その中に、ただ「彼」は「立って」いた。

逆光で顔は見えなかった。その表情がどんなものだったのかは永遠に不明である。

だが、私は見たのだ。

「彼」がすうっと両腕を、綺麗な弧を描いて頭上に振り上げるのを。

たったそれだけ。

その動きだけを見た。

とたんに、背中を何かびりっとした鋭いものが走り抜けた。

電流のように、啓示のように。

「彼」が頭上に手を振り上げた瞬間、「彼」がすうっと空中に浮かびあがったような気がした。

同時に、私の身体も一緒にふわりと持ち上げられたような気が、確かに、した。

次の瞬間、私は確かに見たのだ――「彼」が舞台で踊る姿、縦横に広い舞台を駆け回り、まさに天を翔けるような身軽さ、優雅なピルエット、しなやかなジャンプ、この世のものとも思えぬ空中で静止したようなポーズ。

そのめくるめくような動き、「彼」自身が音楽となって宙を裂き、舞い踊るところを。


ハッとして我に返ると、「彼」は両腕を優雅に下げたところだった。

今、あいつは踊っていた？

しかし、それは錯覚だとすぐに気付いた。

腕時計に目をやると、それはほんの短い、数秒のことだったし、「彼」はじっと教室の真ん中に立っていただけ。

机はいつもどおりの場所に整然と並べられていたし、今幻視したような激しい踊りをするスペースなどなかった。

そして、「彼」はふっと力を抜いた。

たちまち、そこはがらんとしたただの放課後の教室となった。

ほんの少し前まで存在していた教室の支配者は消え、一人の少年がぼんやり居残りをしているだけ。

私は低く溜息をつき、なぜか見てはいけないものを見たような気がして、足早にその場を立ち去った。

思えば、あの夏、「彼」はオーディションを受けて海外のバレエ学校に入学し、二度と学校には戻らなかった。

あれは、「彼」なりの、学校に対する別れの挨拶だったのだろうか。

そんなことを考えたのはずっと後になってからだ。

いや、もっと正確に言うと、「彼」から『春の祭典』の招待状が届いた時のことだ。

私は招待状を何度も引っくり返す。

なぜ「彼」は私の住所を知っていたのだろう。もしかすると、同窓生が「彼」の「凱旋公演」を企画した時にでも、住所録を手に入れたのかもしれない。

ロクに会話を交わしたこともなかったのに、よく私の名前を覚えていてくれたものだ。


それにしても、『春の祭典』とは。

これをソロで踊るというのが、並大抵のことではないというのは、私のような素人でも分かる。

そもそもの始まりは、二十世紀のロシアの作曲家、イーゴリ・ストラヴィンスキーが稀代の興行師、ディアギレフに頼まれてバレエのための曲を書いている時のことだった。

なんでも、『火の鳥』を書いている時に、死ぬまで踊り続ける生贄《いけにえ》の少女の周りを長老たちが取り囲んでいる、というイメージを幻視したのだという。

このイメージを曲にし、それをバレエにするという提案が受け入れられ、彼は作曲を開始する。

おおまかなあらすじは、太陽神の怒りを宥めるために生贄の乙女が踊り続け、長老たちがその亡骸を太陽神に捧げる、というもので、それに二つの村の対立を絡めるなど、キリスト教が入ってくるより前の、ロシアの原始宗教と共同体がテーマになっている。

初演の時にはそのあまりの斬新さから、支持する観客と罵倒する観客が客席で大喧嘩になったといういわくつきの作品だが、今や二十世紀を代表する名曲のひとつに数えられている。

確かに、今聴いても大地を踏みならすような鮮烈なリズムや不協和音はアグレッシブで斬新であり、この曲に数多くの振付家が繰り返し挑戦してきたのも頷ける。腕に覚えのある芸術家であれば、やはり一度は振付けてみたいと思うのだろう。

だから、当初の設定からして、この『春の祭典』が群像劇、群舞として想定されていたのは明らかである。

実際、村の対立や男女の対立など、共同体の葛藤が動きに盛り込まれることが多く、どの脚色も大勢の人間が舞台をところせましと踊りまくる、というのが定番だ。

しかし、「彼」は、この『春の祭典』を一人で踊るというのである。

たった一人で「祭典」を再現できるのか？　そもそも、この題材をソロで踊る意味があるというのか？　四十分近い大曲、それを一人で踊り切る力量はともかく、そんな必要があるのか？ただの奇をてらった、淋しいものになってしまうのでは？

そんな余計な心配をしつつ、私は当日劇場に向かったのだった。

ソロで踊るというだけに、こぢんまりとしたスタジオのようなホールだった。

客席はいっぱいで、抑えた熱気が漂っている。

「彼」のファンと思しき女性客も多い。そういえば、「彼」はあの端整なルックスから、いわゆる「王子」扱いされているらしい。

ざっと見たところ、同窓生らしき連中は見かけなかった。少なくとも、私の記憶に残っているクラスメイトはいない。

どうやら、同窓生みんなを招待したわけではなく、私に来た招待状はピンポイントで送られてきたもののようだった。

出世した友人から招待されたのだから、もしかすると自慢すべきことなのかもしれないが、私にしてみれば、かつての「彼」と同じく、やや困惑していたことを告白する。

なぜ私に？

なぜ今？

そう思いながら、劇場の暗がりに身体を沈めると、ひと呼吸置いた静寂のあとで、すうっと幕が上がった。


ハッとして、思わず背筋を伸ばしていた。

舞台の上にあったのは、教室だった。

突然、あの初夏の日の放課後に記憶も身体もいっぺんに巻き戻されたような気がした。

初夏の陽射し、空っぽの教室、ひっそりとした空気。

舞台の上に、学校で置かれている机が、整然と並べられている。

淡いグリーンの照明は、時折木漏れ日のようにチラチラと揺らぐ。

曲が始まった。

すうっと奥から「彼」が現れた。

襟元の詰まった衣装は、私たちが着ていた制服を思わせずにはいられない。

そして、彼は踊り始めた。

薄暗い空間を切り裂く腕。

長い手足の動きの残像が見え、とてつもなくその姿が舞台で膨らんで大きく見える。

縦横に駆ける。

机のあいだを、机の上を。

私は目が離せなかった。

今目の前で見ているのは、あの日私が見ていたまぼろしだった。

両腕をまっすぐ上に上げただけの「彼」、教室の真ん中に立っていただけの「彼」、その「彼」が、あの時私の中で踊っていたあの踊りが、今再現されている。

全く音がしない。

この世のものとも思えぬ美しいポーズで、空中で静止する。

もはや何回転しているのか分からぬピルエット。

有り得ない高さのジャンプは、まさに天を飛んでいた。

私は、いつのまにか何度も頷いていた。

そうか、あの時、「彼」はこれを踊っていたのか。この踊りを、あの時の私は見たのか。

そんなことを思いながら、舞台の上の「彼」を見つめる。

やがて、もっと奇妙なことに気がついた。

舞台の上は、「彼」一人ではない。

そこには、大勢の他の誰かがいた。

私には、大勢の誰か——いや、はっきり言おう——当時の他の生徒たち、つまりは私たち、「彼」を遠巻きにしていた同窓生や先生たちが踊っているのが見えたのだ。

対立し、怯え、無関心を装い、あるいは好奇心を覗かせる人々が、足を踏み鳴らし、一糸乱れぬ足取りで激しく踊っているところが。

そうか、「彼」はソロで踊っているのではない、まさに「春の祭典」を踊っているのだ。

なるほど、「彼」にとっては、「春の祭典」とは教室なのだ。

春を迎えて、未成熟な若者たちが一箇所の共同体に放り込まれる。それはたぶんに儀式的、祭礼的な雰囲気を帯びている。

暗黙の了解、暗黙の秩序、暗黙のスクールカースト、それらはある種の「教育」、「いい暮らし」に対する信仰でもある。

そして、それが信仰である以上、必ずや摩擦やタブーが存在し、そこからはみ出るものは「生贄」として捧げられるのだ。

「彼」はその「生贄」だった。あるいは、「生贄」だと感じていたのだろう。

長老たちの輪の中で、生贄の乙女は死ぬまで踊り続ける。

だから、「彼」はフェイド・アウトした。脱落し、教室での「死」を選び、遠いところへと旅立ったのだ——。

あの時、「彼」は教室にこの『春の祭典』を見ていたのだ。それを私も目撃していた。

「彼」は、私が目撃していたことも知っていて、今日私に招待状を送ったのだ――。

私は教室にいた。
「彼」も教室にいた。
「彼」は、両手を優雅に頭上に上げる。
私は教室の中に座り、「彼」が踊るのを見る。
周りで踊る、クラスメイトたち。

君も見ただろう?

「彼」が私にそう問いかける。
私は無言で、「彼」に向かって頷く。
明るい陽射し。
私と「彼」は、あの年の「春の祭典」の中にいる。

歩道橋シネマ

誰が最初に気付いたのかは分からない。

しかし、ずいぶん前から気付いていた人がいたのは確かだ。


その昔、オバケ煙突というものがあったという話を聞いたことがある。

東京の下町の火力発電所に大きな四本の煙突が立っていたのだが、見る方向によって、一本にも、二本にも、三本にも見えたりしたという。

消えたり現われたりするから、オバケ煙突。

それと似たようなものだろうか。

官庁街の外れの幹線道路の両側を挟む雑居ビルの壁。地下に潜り込む道路のトンネルの天井。そして、道路を越えて宙を走る、ケーブルを入れた大きな管。

それらの現物どうしは、実際にはかなりの距離があるのだが、ある方向から見ると、四本のタテとヨコの直線が組み合わされて、巨大な長方形の囲み枠に見えるというわけなのだった。

まるでドライブインシアターのスクリーンのようだ、という人もいた。

切り取られた空の向こうをゆっくりと雲が流れていく。

額縁みたい、という人もいる。

あたかも大自然のキャンバスの中を、飛行機が一筋の飛行機雲を残して飛んでゆく。

そして、たまたまここをよく通り、運よく気付いた人だけに見える大画面の特等席は、この古い歩道橋なのだった。


ここに、歩道橋の上で手すりに頬杖をつき、じっと一点を見つめている少年がいる。

時刻は、午後。まだ日は高く、世界は明るい。

学校帰りだろうか。脇には使いこんだ黒い学生カバンが置かれていた。

歩道橋の上を行き交う通行人が、何を見ているのだろうと少年の目線の先に注目する。

しかし、そこには何もない。暮れていく空が、四角いスクリーンの向こうに見えるだけ。

中には、「まさか、飛び降りようとしてるんじゃないよね？」とばかり、不安げに少年の顔を
覗き込む者もいる。

けれど、そのとろんとした、むしろ幸福感に満ちたまなざしを見ると、誰もが安堵したように
表情を緩めてそっと立ち去るのだった。

また、別の日には、やはり歩道橋の上で直立不動のまま、その額縁の中に見入っている中年女
性もいる。
夕刻である。日没には早いけれど、もう暮れ始めているという頃だ。
やはり、彼女の視線の先を気にする通行人。

しかし、彼女の目には何も浮かんでいない。ただそこにいる。もしかすると、何も見ていないのかもしれない。あるいは、彼女の佇《たたず》まいに、まるでこの世に彼女以外の者は存在しないかのような虚無を感じて、そそくさと立ち去る者もいる。

また別の日。

そのスクリーンに目をやったまま、呆然と立ち尽くす老夫婦もいる。小柄な二人が、寄り添うようにして遠くを見つめている。

時刻は、夕暮れである。少しずつ空が茜色に染まり始める時分。

二人はぼうっと同じところを見つめている。

その目付きは独特だ。驚いているような、あっけに取られているような、それでいて懐かしいものを目にしているような。

そして、私。

私もやってきた。

この場所に。

この歩道橋に。

この巨大な偶然のスクリーンを観に。

ただ、本当にその場所を探し当てたのかは、こうして立ってみて、その四角いスクリーンを目にしている今も半信半疑だった。確かに、しっかりした枠組みになっているのは間違いない。似たような場所は幾つか目にしたが、こんなにもかっちりと四角に区切られているのはこの場所が初めてだった。

本当にここなのだろうか。

私は棒立ちになって、ぼんやりと辺りを見回した。


最初に、そのなんとも頼りない噂を聞いたのはいつのことだったろう。

漠然とした噂。口にした人も自信なさげな、口にした後ですぐに打ち消してしまうような、しょぼい噂。

だが、妙に心惹かれる噂ではあった。

まさか、そんなことあるはずないよね、と聞き流しつつも、心の片隅に留め置いてしまうような噂。

場所も、非常に漠然としていた。

とある県庁所在地の、官庁街の外れの、栄町交差点にほど近い古い歩道橋。歩道橋の正面に地下に潜る幹線道路がある。

そんな場所が全国にどれくらいあるのか、見当もつかなかった。県庁所在地というだけで四十三ヶ所あるし、栄町という町名だってあまりにもありふれていて各地にある。

まるで雲をつかむような話であり、都市伝説にしても評判になるようなものではなかった。

しかし、私は忘れなかったし、他にも忘れなかった人がいたのだろう。しょぼくて頼りない噂ではあったが、消滅することはなく、しばらく間を置いては流れてきたし、辿りつけた人もいる、という噂も途切れなかった。それでも、いつもそれ以上の情報はないのだった。

なので、私も気長に、密かに、探し続けていた。

決して熱心に、というほどではなかったけれど、常にどこかで気に留めてはいる、という感じで。つまり、その噂に見合うような、いささか頼りなくてしょぼい程度の探索を続けていたのである。

職業柄、日本各地に行くことが多かったのもちょうどよかった。それも、月に一、二度のゆるい頻度で、ゆるい日程の仕事が大半なのも合っていた。

「そういえば、ここも県庁所在地だったな」と思い出しては、朝早起きしてそれらしき場所に行ってみる、というくらいの熱意で候補地と思しきところを回ってみたりしていた。

もちろん、なかなか条件に合うところはなかった。

そもそも、前提条件が曖昧なのである。

県庁所在地の官庁街の外れ。「外れ」とはどの辺りを指すのか？　あるいは、どの辺りまでを「外れ」に含めるのか？　そこから判断に迷ってしまう。

しかも、「栄町交差点にほど近い歩道橋」である。

「ほど近い」とはどのくらいの距離を指すのか？　五十メートル？　百メートル？

「いちばん近い」歩道橋ではダメなのか？

現地の地図を見ながら、首をひねるのも毎度のことだった。

かなり、その条件に近いところが、これまでに三ヶ所ほどあった。

そう気付いた時の、胸のときめきは今でも記憶に新しい。

もしかして、ここ？

何度も確かめる。歩道橋、雑居ビル、地下に潜る幹線道路。相当いい線いってるんじゃない？

しかし、どれかが欠けていた。頭上の管。トンネル。あるいは、「栄町交差点」ではなかったりした。

歩道橋の上を何度も歩き、どこかで四角い枠が現われるのではないかときょろきょろする私は、かなり怪しい人だったはずだ。枠が見つからないことをあきらめきれず、長いことぐずぐずしていたのも一度や二度ではない。

がっかりしながら引き揚げたあの三ヶ所は、今でも頭の中に焼きついている。

そんなこんなを繰り返した挙句。

全く意識していなかった時に、この場所に出くわしたのだ。

たまたま帰省していて、墓参りの帰りに通りかかった場所。

何の気なしに歩道橋を上がり、渡ろうとして、何かが気にかかって足を止めた。

うん？

ふと脇に眼をやった私は、そこに巨大な四角い枠を見つけたのである。

えっ。

思わず辺りを見回した。

トンネルに吸い込まれていく車、車、車。頭上には、宙を渡るがっちりとした鉄の管。左右に聳える雑居ビル。

ここ？　何度も通っていたはずのここ？　郷里のここだったの？

私は呆然とした。

そして、誰もそれ以上の情報を上げてこなかった理由が分かったような気がした。

その場所はあまりにも殺風景であり、あまりにも見過ごされてきた場所だったし、事実、私もこれまできちんと景色を目に留めたことすらない場所だったのである。

まさか、こんな何もない、がらんとした場所をそこだと言いたくはなかったし、本当にそこであったら、ますます言いたくなくなるのは確実だった。

それでは、もしここがそうだったとして、それが知れ渡ったらどうなる？　ここ目掛けて全国から人が押し寄せ、押すな押すなの騒ぎになったら？

それは困る。行政がこの事実を嗅ぎつけたら？　町おこしに使うだろうか？　それとも、迷惑に思うだろうか？　なにしろ、恐らくは奇跡的な偶然のバランスで成り立っている風景なのだ。

今、目にしてみても、歩道橋はかなり古く、階段は腐食してぼろぼろだし、通路もたわんでいる。額縁の上のヨコ線であるケーブルを収めた管も、頑丈そうではあるが相当老朽化している。雑居ビルも古く、片方のビルはほとんど使われていないようだ。

どの線が欠けても額縁にはならないし、どの線がいつ撤去されても不思議ではない。

そう考えると、今ここにいられて、この強固な四角い枠を目にしているのがまさに奇跡のように思える。

だが、問題はその先だ。あの噂が本当だったのかどうかは、まだ分からないのである。

いったい、それが事実だとどうすれば分かるのだろう？

少年は見ている。

歩道橋の上に頬杖を突き、夢見るようなまなざしで、四角い枠の中を。

その中に、映し出されている光景を。

ゆっくりと草原を駆けるラブラドール犬。大きくて、立派な犬だ。艶々した毛並みが、陽に照らされて輝いている。

スローモーションだ。

音はない。

ピンク色の舌が覗く口。きらきらした眼は、笑っているように見える。

一緒に駆けている子供。四、五歳だろうか。その背丈は犬と同じくらいだ。

こちらも満面の笑みだ。犬も、子供も、無心に駆けている。互いに全幅の信頼を置いていて、分かちがたいコンビのように、一体感を持って走り続けている。

子供の顔は、それを歩道橋の上から眺める少年によく似ている。いや、正確に言えば、彼の子供の頃のようである。

少年はうっとりと眺めている。

彼の眼には、草原を走る犬と子供が映りこんでいる。確かに、彼にはその姿が鮮明に「見えて」いるのだ。

幸福な風景。彼のいちばん好きな風景。少年はうっとりとその景色を眺め続ける。

中年女性も見ている。

凍りついたように、スクリーンの中にその光景を見ている。

本当は見たくはない光景を。

なのに、見ずにはいられない光景を。どうしても見てしまう光景を。

画面は暗かった。

いや、暗いのではなく、画面の大部分が黒く濁った、何か不穏なもので占められているのだ。

その、黒くて暴力的なものが、ゆっくりと蠢《うごめ》いている。

スローモーションだ。

音はない。

黒いものは徐々にこちらに近付いてくる。圧倒的な質量で、建材や車や、看板や自転車など、ありとあらゆるものを巻き込み、呑み込み、渦巻き泡立ち、白いしぶきを上げ、巨大な面となってみるみるうちに迫ってくる。

彼女は動けない。

しかし、眼を離せない。

凍りついた場面、彼女の中に焼き付けられ、凝《こご》った場面を、彼女はスクリーンの中に見つめているのだ。

老夫婦も見ている。

もはや存在しないものを。かつては存在していたものを。かつては当たり前だと思っていたもの、いつまでも続いていくと思っていたものを。

画面の中には、賑やかな色彩があった。

大勢の人たちがいる。

どの顔も笑顔だ。動いている。手を振っている。手を叩いている。

スローモーションだ。

音はない。

なのに、画面からは歓声やお囃子が聞こえてくるようだ。太鼓の音や、掛け声があふれ出してきそうだ。

神輿《みこし》が揺れ動いている。上下に、左右に。ねじり鉢巻に法被《はっぴ》を着た大勢の担ぎ手たちが、リズミカルに神輿を運んでいる。

誰かが水をかけ、きらきらと水飛沫が宙を舞う。

沿道で掛け声をかける人々。

子供たちが小さな手を叩く。うちわが揺れる。

笑いさざめく老若男女の顔、顔、顔。

山車《だし》もやってくる。立派な山車だ。鮮やかな前懸や胴懸の付いた、極彩色の山車がゆっくりと進んでくる。

山車の上で鈴なりになってお囃子を演奏する子供たち。山車につかまり、大きく扇子を振って誘導する男たち。

沿道の家の二階から、山車を見上げる人々。どこも祭を見物する人でいっぱいだ。

徐々に画面は日が暮れてゆく。

それにつられて、ぽつりぽつりと提灯に明かりが灯る。淡く優しい光が、画面のそこここに増えてゆく。

老夫婦は魅入られたようにその光景に見入っている。

こんなにも美しいものだったのか。

こんなにも尊いものだったのか。

こんなにも儚《はかな》いものだったのか——

口には出さないが、二人はそのことに驚いている。衝撃を受けている。胸が締め付けられるように思う。

彼らは見つめている。彼らにはそれが確かに見えているのだ——


そして、私。

私も今、ここにいる。

改めて、ここにやってきた。

その光景に出会うために。

不安と期待に押しつぶされそうになりながら、私は歩道橋の上に立つ。

足元から、車がトンネルに吸い込まれる轟音が上がってくる。背後からは強い風が吹きつけてくる。

そう、それは他愛のない噂だった。その日、その時間にその場所に行けば、そのスクリーンの中で、かつて大事にしていた記憶に出会えると。
この日。じきにその時間になる。
あの大事な記憶。大事なひと。
私はじりじりしながら、歩道橋の手すりをつかみ、身を乗り出す。
目の前に広がる、四角い額縁。
ここだけで目にすることのできる、巨大なスクリーン。

まだ何も見えない。

あとがき

これまで五年毎に三冊のノン・シリーズ短編集を出してきたが、今回は七年もあいだが開いてしまった。これもひとえに私の不徳のいたすところである。こうして振り返ると、それぞれの時期の試行錯誤やマイブームなどが思い出せて感慨深い。今回はややホラー寄りのものが集まった気がする。「小説新潮」さんから「山本周五郎賞特集」や「怪談特集」で呼んでいただくことが多いせいだろう。それぞれの背景などをここに記しておきます。ネタバレの部分がかなり（！）あるため、なにとぞ本文を読了してからお読みくださいますようお願い申し上げます。

『線路脇の家』

テレビのドキュメンタリーでエドワード・ホッパーのこの絵をテーマにしたものを見たのが直接のきっかけ。占有屋に関しては、実際に見たことがあった。バブル期当時に住んでいた杉並区浜田山で、近所の広い一軒家なのに、昼間からほとんどの雨戸を閉めて中でじっとして新聞を読んでいる中年の男女をよく見かけていた。あれはなんなんだろうと思っていたのだが、あとで占有屋だと気付いたのである。

『球根』

「小説新潮」の「エロ・グロ特集」のために書いた。「グロ」はともかく「エロ」になっているのかはいささか疑問である。私は球根、エロいと思うんですけど。

実は、この小説、ずっと構想中の某社の書き下ろし『チューリップ回路』のスピンオフとして書いたもの。もちろん、『チューリップ回路』のほうはまだできてません。

『逍遥』

こちらは、二〇三〇年の日本、というテーマで書いたもの。リモート・リアルという技術が実現しているという設定で書いた。登場人物は『消滅』という小説に出てきた三人で、『消滅』も近未来の日本を舞台にしたものだった。近未来の予測というのはいちばん難しいのだそうで、『消滅』を書いているそばから現実に追い抜かれそうになって焦ったことを思い出す。

『あまりりす』

この短編を渡して読んだ編集者に、この「あまりりす」というのは何なんですか？　と聞かれ、「余り栗鼠」だと答えたら爆笑された。一応、怪談なのに……

今頃になって、ロアルド・ダールの『チョコレート工場の秘密』で、ワンカさんの工場でお菓子に使う木の実のチェックをしている栗鼠たちが、電光石火の動きで頭カラッポの子供を押さえつけて処分してしまう、という場面が下敷きにあったことに気付いた。

『コボレヒ』

怖いイラストに話を付ける、という企画で書いたもの。「ヒ」といえばやはり半村良ですね。

『悪い春』

「小説トリッパー」誌創刊二十周年記念号で「20」という数字をテーマに『EPITAPH東京』という長編のスピンオフとして書いたもの。これを読んだ複数の、ティーンエイジャーの子供を持つ人から「なんだか、これが現実のものになりそうで怖い」と言われたのが印象に残っている。

『皇居前広場の回転』

二〇一七年の一月に直木賞、四月に本屋大賞をいただき、それに関連した騒ぎが四ヶ月近く続いたため、元々社交性のない私がなけなしの愛想を使い果たしてがっくり疲れ切った状態の時に書いた短編で、今読み返してみるとその気分が濃厚に滲み出ている。実は、これは実際に目撃したシーンが基になっている。タクシーで東京駅に向かっている途中、皇居前広場にぽつんと一人で立っていた制服姿と思しき男の子がぴょんと飛び上がって一回転したのだ。強烈な印象で、見えなくなるまでずっとその子を目で追っていた。

『麦の海に浮かぶ檻』

新本格ミステリ誕生三十周年記念、「館もの」でという企画で書いたもの。もちろん、タイトルからお分かりのとおり、『麦の海に沈む果実』のスピンオフです。

『風鈴』

「怪談特集」で書いたものだが、この時は作者名を伏せて誰がどの短編を書いたか当てるという趣向であった。私のこの短編を高橋克彦さんが書いたと思った人が多かったと聞いている。高橋克彦さんは怪談の名手で、記憶シリーズなど傑作があまたあるけれど、私が今でもとても怖かった記憶があるのが『パンドラ・ケース』。高橋さんの中ではミステリ寄りの作品であるが、この中のあるシーンに心底ゾッとしたのを今でも覚えている。


『トワイライト』

「大どんでん返し」というお題で書いたもの。果たしてどんでん返しになっていますかどうか。


『惻隠』

夏目漱石『吾輩は猫である』のオマージュ企画で書いたもの。冒頭を「アイ・アム・ア・キャット」で始めるという条件がついていた。


『楽譜を売る男』

雑誌の企画で世界的ヴィオラ奏者今井信子さんと対談するため、東京国際ヴィオラコンクールを聴きに行った時に実際に目にした光景を基に書いた。夏の音楽祭を渡り歩いて楽譜を売っているという話は本当だが、たぶん、実際の彼はお腹は壊していなかったと思う。

『柊と太陽』

「クリスマス特集」で書いたもの。私は子供の頃プロテスタント系の幼稚園に通っていて、クリスマスは「降誕祭」としてお祝いし、馬小屋に生まれたイエス・キリストを東方の三博士が訪れて、みたいなクリスマス劇をやっていた覚えがある。でも、実際のところ、イエス・キリストの誕生日は全く分かっていないのである。クリスマスが古《いにし》えからの太陽信仰、冬至を祝う民間信仰と習合しているのは明らかだ。

『はつゆめ』

ずっと横浜という街に対する憧れがあって、ここを舞台にした幻想小説を書きたいと思っている。これはその予告編のようなもの。本編のタイトルは『追憶の五重奏』を予定しているが、『はつゆめ』とともにビル・ヴィオラの映像作品のタイトルから貰っている。

『降っても晴れても』

かつて「奇想天外」という、ＳＦファンタジー雑誌があった。楢喜八さんのイラストの表紙の印象が強烈であった。それの二十一世紀版復活、という企画のために書いたもの。毎回この短編集に入れている「スタンダード・ナンバーのタイトルをもらった短編」でもある。私としてはかなり本格ミステリのつもり、なのだが……

『ありふれた事件』

怪談雑誌「幽」創刊十周年記念に書いたもの。特に深く考えず、事件のドキュメンタリーっぽい雰囲気で、という設定だけで書き始めたのだが、いつのまにかするするとこういうラストになってしまった。今読み返してみても、どこからこんなイメージが湧いてきたのか自分でもよく分からない。

『春の祭典』

ここ数年、バレエをテーマにした長編小説を準備中なので、その習作として書いてみた。バレエ「春の祭典」は名だたる振付家が振付けていてどれも名作揃い。皆圧倒的な群舞が特徴であるが、これをソロで踊るとしたらどうするかなと思った。人のいない教室で、机だけが並んでいるという設定ならば、不在のクラスメイトの群舞を想像させるし、アイデアとしてはいいんじゃないかと思う。誰かやってみせてくれないかなあ。

『歩道橋シネマ』

日本全国、インフラの老朽化が深刻である。うちの近所の歩道橋の腐食がひどくて、あまりにボロボロなので毎回渡るたびに崩壊するんじゃないかとヒヤヒヤする。

その一方で、それこそ根こそぎ景色の変わる、暴力的とも言いたくなるような再開発がそこここで進んでいる。中には何かこういう、奇跡的なバランスで保たれている風景というのがあるんじゃないかと思って書いた。自分でいうのもなんだが、とても私らしい短編になったと思う。

初出一覧

線路脇の家	「小説新潮」二〇一五年七月号
球根	「小説新潮」二〇一五年一一月号
逍遥	『２０３０年の旅』（中公文庫　二〇一七年）
あまりりす	「小説新潮」二〇一四年八月号
コボレヒ	「幽」vol.23（KADOKAWA）
悪い春	『EPITAPH東京』（朝日文庫　二〇一八年）
皇居前広場の回転	「小説新潮」二〇一七年七月号（「皇居前広場のピルエット」改題）
麦の海に浮かぶ檻	『謎の館へようこそ　黒』（講談社タイガ　二〇一七年）
風鈴	「小説新潮」二〇一三年八月号
トワイライト	「STORY BOX」二〇一九年六月号
惻隠	「小説新潮」二〇一六年九月号
楽譜を売る男	「小説新潮」二〇一八年七月号
柊と太陽	「小説新潮」二〇一四年一二月号
はつゆめ	「小説新潮」二〇一八年一月号
降っても晴れても	『奇想天外　21世紀版　アンソロジー』（南雲堂　二〇一七年）
ありふれた事件	「幽」vol.21（KADOKAWA）
春の祭典	「小説新潮」二〇一九年一月号
歩道橋シネマ	「小説新潮」二〇一九年七月号

歩《ほ》道《どう》橋《きょう》シネマ

著者／恩田　陸（おんだ　りく）

発行／2019年11月20日

発行者／佐藤隆信
発行所／株式会社新潮社
郵便番号 162-8711　東京都新宿区矢来町71
電話　編集部 03(3266)5411／読者係 03(3266)5111
https://www.shinchosha.co.jp
印刷所／大日本印刷株式会社
製本所／加藤製本株式会社

ISBN978-4-10-397112-2　C0093